KB061454

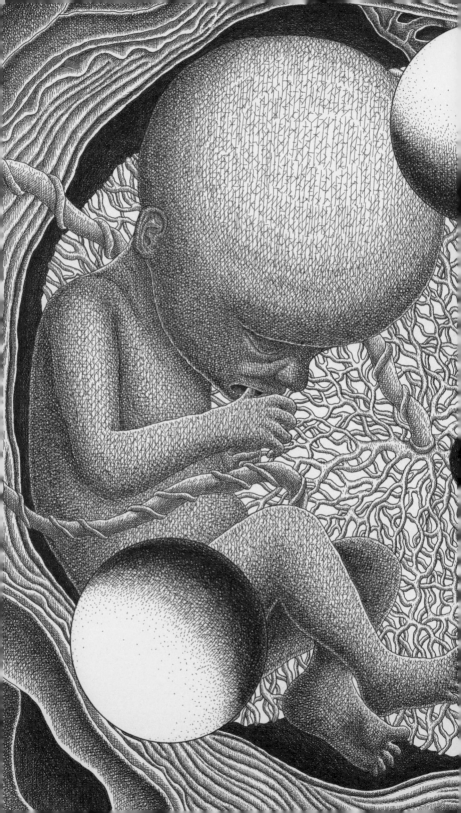

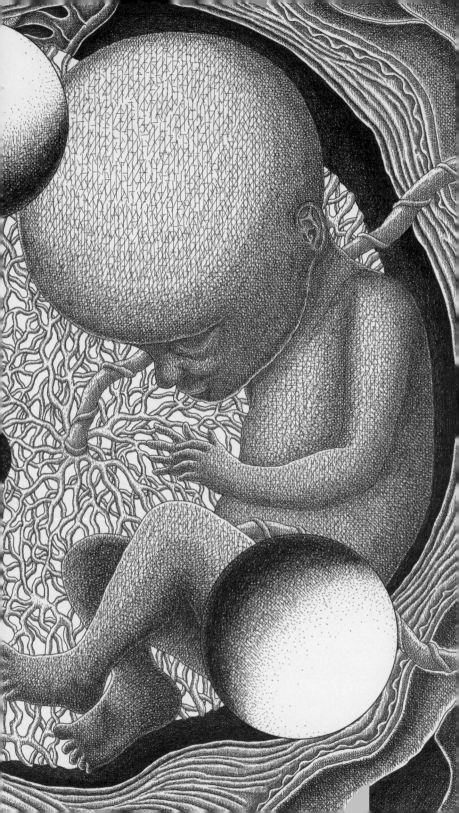

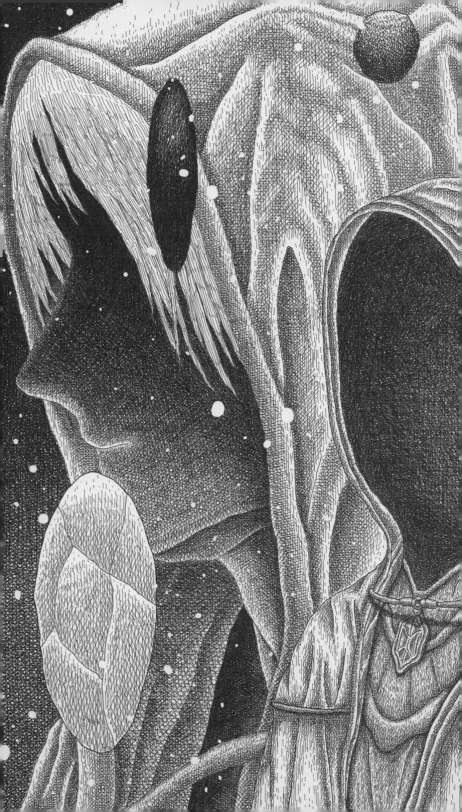

대장장이 왕 3

허교범 소설

아리셀리스를 찾는 에이어리가
위대한 조언자의 집을 찾아간다

위즈덤하우스

I

신전 앞을 서성거리는 사제장 앞에

손님이 연달아 도착한다

사제장은 살포시 눈이 덮인 땅을 초조한 듯 거닐었다. 주변에는 인적이 따로 없어서 사제장이 거기까지 오느라 남긴 발자국만 한 줄기 긴 행렬을 이루고 있었다. 그러다가 갑자기 한데 섞여서 알아볼 수 없게 난장판이 된 것은 사제장의 마음이 불안한 탓이었다. 밤새 애써 내렸으나 겨우 쌓여서 구색만 갖춘 눈은 밟는 재미조차 주지 못했다.

 그는 본래 신전 밖으로 나오는 사람이 아니었으나 요새는 매일 산책을 핑계 삼아 같은 곳을 거닐었다. 만약 그가 기다리는 세 사람 중 누구 하나라도 도착한다면 가장 먼저 만날 수 있는 장소였다.

 그는 그리 오래되지 않았지만 벌써 가물가물한 기억을 떠올렸다.

 ─어쨌든 그건 안 될 말이오, 사제장. 왕이 나가셨고 그를 찾겠다고 스승도 나갈 참이오. 왕을 찾겠다고 그대까지 나가

는 것은 곤란하오. 사제장은 이 신전을 지켜야 할 의무가 있지 않소?

그렇게 말하며 자신의 상징과 같은 수염을 쓰다듬는 사람은 사제 중 하나인 탈와르였다.

— 그건.

무기의 사제 가르젠은 약점을 찔려서 말을 잇지 못했다.

— 누차 말하지만 대장장이 왕은 데스커드와 함께 가셨소. 두 사람이 함께 다니면 위험한 일은 거의 없소. 군대와 대적하지 않는 한 말이오. 준비만 충분하다면 군대도 무섭지 않지.

탈와르는 생각을 대장장이 왕의 스승 쪽으로 돌렸다.

— 오히려 오카브 님이 혼자라면 위험해질 수도 있겠지. 그러나 그도 겉보기와는 다른 사람이오. 그걸 누구보다 잘 아는 사람이 왜 그러시나? 또 방랑벽이 도졌소?

— 방랑벽이라니? 그런 건 한시도 지닌 적이 없소.

가르젠은 말솜씨가 훌륭한 사람은 아니었다. 탈와르는 가르젠을 말리지 못할 것을 알면서 놀리고 있었다. 나머지 사제들은 그 사실을 알면서도 조용히 웃으며 술만 마셨다. 두 사람의 입씨름이야말로 조용한 삶의 활력소였다.

— 정 사제 중 하나가 가길 원한다면 내가 가겠소.

탈와르가 나서자 가르젠은 당황한 기색을 숨기지 못했다.

-그러나 그대는 여기에 머무는 것을 너무 좋아하오.

-그렇소. 그러나 대장장이 왕을 찾기 위한 것이라면 사제로서 당연한 의무니까.

-그 의무를 내가 대신하겠다는 말이오.

-사제장으로서 할 일이 아닌데도 그러겠다는 말이오?

-그렇다면 사제장의 지위를 넘겨줄 테니 가지고 가시오. 나는 애초에 이런 일에는 맞지 않소.

탈와르와 가르젠은 사제로 오랜 세월을 함께 지낸 사이였다. 에이어리를 전쟁의 도마까지 데리고 가기 전까지는 서로 으르렁거리는 관계였었다. 그래도 오래 지내다 보면 눈치껏 상대의 반응을 예상할 수 있다지만 가르젠의 제안은 탈와르의 예상을 뛰어넘었다.

-제발 사제장의 지위를 가지고 가시오.

-그건 말도 안 되오.

-괜찮소. 이 지위는 내게 버겁기만 하오. 대장장이 왕을 찾으러 나가야 하는 순간에 족쇄가 되다니.

탈와르가 다른 사제들을 보았다. 팔 하나가 없고 과묵한 트라이버가 대표로 어깨를 으쓱해 보였다. 어찌 되었건 신경 쓰지 않겠다는 뜻이었다.

-그렇다면 받아 두지.

그렇게 해서 그날부터 탈와르가 새 사제장이 되었다. 이후로 탈와르가 죽는 날까지 모두 그렇게 생각했고 아무도 불만을 내보이지 않았다.

식사를 마치고 가르젠은 부리나케 짐을 꾸렸는데 실은 얼마 걸리지도 않았다. 그는 언제나 신전 바깥 세상으로 나갈 준비가 되어 있었다. 문을 열어 둔 채 서두르느라 문틀에 기대선 탈와르도 보지 못했다. 탈와르는 바닥만 새로 뜯어고친 가르젠의 집 내부를 보고 웃었다.

– 그대에게는 확실히 방랑벽이 있소, 가르젠.

– 그런 건 목적도 없이 떠도는 자에게 붙이는 말이오, 사제장. 나는 목적을 확실히 두고 움직이니까. 이번에는 왕을 모시러 가는 거요.

– 왕은 안전하다니까?

– 대장장이 왕은 내가 모셔 온 분이니 내 눈으로 안전을 확인해야겠소.

가르젠은 그렇게 오카브와 함께 길을 떠났고 두 사람은 작은 소식 하나도 전해 오지 않았다. 그래서 새로 사제장이 된 탈와르가 아침마다 젊은 시절에도 않던 산책을 하게 되었다. 그리고 사제장은 미처 예상하지 못했지만 산책은 그날로 끝이 났다.

탈와르는 멀리서 가장 먼저 나타날 거라고 예상하지 못했던 사람이 동행과 함께 오는 것을 보았다. 그는 몸을 달달 떨면서 눈밭을 가로지르고 있었다. 같이 오는 사람도 왠지 눈에 익었다.

마침내 거리가 가까워지자 탈와르가 소리쳐 물었다.

– 대체 어떻게 된 겁니까?

– 뭐가 말입니까?

– 옆에 있는 사람은 누굽니까?

– 아, 이 친구는 대장장이 마을 출신인데요?

그러고 보니 탈와르도 몇 번 얼굴을 본 기억이 났다. 이름은 들은 적이 없었다. 손님은 여전히 몸을 떨며 투덜거렸다.

– 무슨 망할 놈의 눈이 벌써 내린답니까? 도착하기도 전에 얼어 죽을 뻔했습니다.

– 어째서 이 친구와 함께 오신 겁니까?

– 그 이야기를 하려면 잠시 앉아서 쉬어야겠습니다. 위에 올라가 불이라도 쬐면서 이야기하고 싶지만 다리가 후들거려서 당장은 무립니다. 그보다 그 외투 좀 빌려주시겠습니까?

사제장의 털옷을 빼앗은 오카브가 큰 나무 아래를 가리켰다. 그곳은 빽빽한 가지 때문에 눈이 미처 정복하지 못한 마른 땅이 작게 섬처럼 남아 있었다.

세 사람은 그곳에 가서 앉았다. 오카브는 아예 나무줄기에 등을 기댔다. 그의 모습은 세상을 유람하다 온 사람처럼 보이지 않았다. 탈와르는 뭔가 큰 고초를 겪었음을 짐작했다.

―에이어리를 찾으러 가르젠과 함께 신전을 나오고 나서 당신이 믿지 못할 일이 있었습니다.

오카브는 다사의 가족들이 오랫동안 준비한 계획을 말해 주었다. 그리고 자신이 다사에게 잡혔던 순간을 설명했다. 탈와르가 눈을 매섭게 뜨고 쳐다보자 다사의 얼굴에서 핏기가 사라졌다.

오랜 포로 생활에 대한 이야기가 이어졌다. 낮에는 쉬고 밤에만 이동하던 시절이었다. 하늘에 떠 있는 데네브만 보며 걸었다는 말은 하지 않았다.

두 사람은 약속 장소에서 다사의 가족을 만나지 못했다. 그래서 오카브는 잠시 포로의 신분을 벗고 도와주겠다고 약속했다. 다사는 오카브를 묶은 줄을 끊었다.

그 이야기를 들으면서 탈와르는 두 사람을 한심하게 바라보았다. 도와주겠다고 하는 사람이나 받아들이는 사람이나 똑같이 한심했다.

―사실 우리는 꽤 잘 협력했습니다. 제국 관리를 구워삶고 정보원을 고용하고 온갖 노력 끝에 소식을 들었지요.

－제 가족은 잡혀서 처형당했습니다. 살아남은 것은 누나 한 명뿐이었어요. 누나는 운 좋게 도망칠 수 있었죠.

다사의 목소리는 담담했다. 그는 생각처럼 슬퍼 보이지 않았다. 사실 그도 처음 소식을 들었을 때는 울음을 터뜨렸다. 그러나 자주 만나지 못했던 가족인 탓에 슬픔은 금방 사그라들었다.

－가족이 죽은 이상 오카브 님을 잡아갈 이유는 남지 않았습니다. 저는 애초에 그 일에 익숙한 사람도 아니니까요. 그래서 오카브 님께 용서를 구하고 함께 여기로 돌아오게 된 것입니다.

－이야기를 다 들어도 이해가 가지 않는 게 있는데. 그렇다면 다사를 수행원 삼아 에이어리를 추적하셔도 되었을 일 아닙니까? 어째서 돌아오셨습니까?

－거기에도 이유가 있습니다.

이번에는 오카브가 말했다.

－아까 말했던 것처럼 다사의 누나만 운 좋게 탈출할 수 있었는데 말입니다. 그 사람이 약간 오해를 한 것 같아서요. 여기 있는 다사가 저를 구하기 위해 가족을 밀고한 걸로 말입니다. 그 누나가 복수를 하겠다고 길길이 날뛴답니다.

－그래서요?

-그런 상황에서 여행을 계속하다가 어느 날 밤에 추적당해 객사할지 모르지 않겠습니까? 그래서 대장장이 신의 너그러운 품속에 숨기로 한 겁니다. 죽는 방식도 여러 가지가 있다지만 자다가 귓구멍에 칼이 꽂히는 건 영.

　-누나는 딱히 대단한 능력을 지닌 사람은 아닙니다. 그러나 직업이 직업인 만큼 위험을 감수하고 싶지 않아서요. 대장장이 마을로 돌아가서 평생 노예로 살며 죄를 갚겠습니다.

　-대장장이 마을에 노예는 없네. 그대의 처분은 나 혼자 결정할 문제가 아니야. 왕이 돌아오시면 왕께 여쭙도록 하지.

　탈와르는 다시 오카브에게 물었다.

　-그래서 그런 위험한 일을 그냥 신전으로 끌고 오셨다는 말입니까?

　-그 여자도 감히 신전에 들어오지는 못할 테니까요.

　-이제 충분히 쉬셨으면 신전으로 올라가시지요.

　오카브는 엉덩이를 툭툭 털면서 일어나다가 먼 곳을 보고 희미하게 미소 지었다.

　-가지 마십시오, 사제장. 우리가 기다리는 사람이 제 발로 오고 있으니까요. 아니, 자기 발로 오는 건 아니네요.

　탈와르와 다사는 오카브를 따라 먼 곳으로 시선을 돌렸다. 작은 몸집에도 맹렬하게 달리는 수레 비슷한 것이 보였다. 바퀴 좌우로 눈과 흙이 갈라지듯 튕겨 나갔다.

세 사람은 그대로 서서 수레가 가까워져 안에 탄 사람을 확인할 수 있을 때까지 기다렸다. 탈와르는 수레 안의 사람 머리가 둘이 아니라 셋인 것을 확인했다. 눈을 비비고 다시 보아도 마찬가지였다. 대장장이 왕과 경호원은 알아볼 수 있었는데 그 뒤쪽에 앉은 사람은 모르는 얼굴이었다.

탈와르가 기대하던 세 번째 얼굴은 가르젠이었는데 나이도 그렇고 풍성하게 자란 머리도 그렇고 멀리서 보아도 가르젠은 아니었다. 마침내 수레가 멈추고 에이어리와 데스커드와 알 수 없는 젊은 여자 한 명이 내리자 탈와르도 평소답지 않게 놀람을 드러냈다.

─동쪽 지방은 아침과 밤에만 쌀쌀한 정도인데 여기는 벌써 눈이 내리다니 대체 날씨가 어떻게 된 건지 모르겠어요. 오다가 추워서 얼어 죽는 줄 알았다니까요.

에이어리는 그렇게 먼저 떠들고 나서야 이상한 상황을 알아차렸다.

─스승님은 여기서 뭐 하세요? 옷은 왜 그렇게 입으셨어요? 다사는 왜 여기에 와 있죠? 탈와르 사제님은 또 왜 여기까지 나와 계신가요?

에이어리는 세 사람이 대답하기도 전에 다시 외쳤다.

-아니, 어째서 탈와르 사제님이 사제장의 옷을 입고 계시죠? 가르젠 사제님이 잘못을 저질러 쫓겨났나요?

　-이 멍청아. 당연히 네가 말한 모든 의문은 너로부터 비롯된 것이다. 조금만 깊이 생각해 보면 알 수 있지 않겠냐?

　대장장이 왕에게 그렇게 말할 수 있는 사람은 스승인 오카브밖에 없었다.

　-그런데 넌 대체 어떻게 된 거냐? 옆에 있는 사람은 또 누구야? 젤레즈니에 가기는 한 거냐?

　오카브는 쉬지 않고 질문을 퍼부었다. 정작 듣고 싶은 말은 마지막에 있었다.

　-이 친구는 우리의 안내자 투란이에요.

　투란은 탈와르와 오카브의 무심한 눈길을 보고 얼어 인사조차 제대로 할 수 없었다. 그들은 반갑다는 인사조차 하지 않고 곧바로 에이어리에게 다시 관심을 돌렸다. 대장장이 왕과 스스럼없이 대화하는 것을 보면 그들은 분명 높고 고귀한 사람들이었다. 투란은 그들 앞에서 주눅이 들지 않을 수 없었다.

　에이어리는 그러거나 말거나 자기 이야기를 계속했다.

　-젤레즈니에는 도저히 갈 틈이 없었어요, 스승님. 여러 일이 있었거든요. 제국 수도까지 가 보지도 못했어요. 대신 크릉흥다르흐를 만났지만요.

24

－크룽흥다르흐?

－용 말입니까?

오카브와 탈와르가 마주 보며 소리를 질렀다. 그 이름은 전설에나 등장하는 것이었다.

－아, 제가 이렇게 둔한 말로 설명하는 것보다 더 좋은 방법이 있을 거예요.

에이어리는 뒤늦게 깨달았다는 듯이 나뭇가지 하나를 주워 땅바닥에 그림을 그렸다. 다사의 눈에는 그림으로만 보였다. 그러나 나머지 사람들은 그것이 대장장이 왕의 문자라는 것을 알았다.

오카브는 한때 대장장이 왕이었던 사람으로서 문자가 뭔가 다른 것을 눈치챘다. 원과 네모 중심에 다시 원과 네모가 있었다. 그러나 그는 제자가 완성할 때까지 가만히 기다려 주었다.

에이어리는 땀을 흘리며 오랜 시간 집중해서 문자를 그렸다. 구경하는 사람들은 마치 홀린 것처럼 눈을 떼지 못했다. 문자를 그리는 과정이 마치 춤처럼 보여서 마음을 끄는 부분이 있었다. 날씨가 추운데도 얇은 옷을 입은 에이어리의 이마에서는 땀방울이 생겨 귀 옆을 타고 흘렀다.

문자가 거의 완성되자 에이어리는 일부러 신중하게 마지막 획을 그었다. 땅바닥에 나뭇가지로 그은 선이 햇빛을 반사해서 빛이 나는 것 같은 착각이 들었다. 그 순간 오카브와 탈와르와 데스커드와 투란과 다사의 눈이 커졌다. 그들의 머릿속으로 바람 같기도 하고 파도 같기도 한 것이 밀려 들어왔다.

그들은 에이어리와 데스커드의 여정을 그렇게 받아들였다. 마침내 폭풍이 지나갔을 때 모두의 눈에 눈물이 고여 있었다. 슬픈 내용이 아니었는데도 그랬다.

─이건 대체 뭐냐?

오카브가 목이 쉰 것 같은 소리로 물었다.

─디하우트 님과 크룽흥다르흐가 남긴 유산입니다, 스승님. 우리가 알던 대장장이 왕의 문자는 완성된 것이 아니었어요.

다른 사람들은 모두 감동하는 눈치였는데 정작 오카브는 태연함을 가장하며 탈와르에게서 빼앗은 외투를 제자에게 건넸다.

─그래, 추우니까 이제 올라가서 이야기하자. 땀이 얼면 골병든다.

대장장이 왕을 수행하는 사람은 다섯 명이었다. 전직 대장장이 왕이자 그의 스승인 오카브와 사제장을 맡게 된 탈와르. 언제나 대장장이 왕을 수행하는 것을 임무로 삼고 있는 데스커드. 어쩌다 보니 미래를 생각하지도 않고 무작정 따라온 투란과 전직 무법자 다사.

오랜만에 만난 스승과 제자는 쉬지 않고 서로 하고 싶은 이 야기를 쏟아냈다. 최소한 둘 중 하나는 말을 했고 때로는 둘이 동시에 말했다. 걸으며 귀가 심심한 사람들은 그들의 이야기를 들으면 되었다.

일찌감치 그 대화에 질린 데스커드는 탈와르를 설득하는 데 힘을 쏟았다. 투란을 사제 중 한 명의 제자로 받아들여 달라는 부탁이었다. 투란은 민망해서 일부러 거리를 두고 걸었다.

－나는 아직 왕에게 정식으로 인가를 받은 사제장이 아니야. 그렇다고 하더라도 다른 사제들하고 상의해 보아야 한다. 대장장이 왕께서 허락하셔야 하는 것도 물론이고.

－왕께서 허락하셨으니 데리고 왔죠. 그건 걱정하지 마십시오.

데스커드는 힘주어 왕의 뜻을 강조했다. 탈와르는 하긴 그렇다고 콧수염을 쓰다듬으며 슬쩍 투란을 보았다.

－네 말대로 힘이 충분히 세 보이기는 하는데. 대장장이 신의 사제 밑에서 일하려면 힘보다 기술이 중요하다.

－기술도 가지고 있어요. 도착하면 확인해 보세요.

데스커드는 사실 투란의 기술에 대해 딱히 아는 것이 없었다. 더 근본적으로 그녀에 대해 아는 것이 별로 없었다. 솔직히 말하면 그녀를 사제로 만들려고 하는 자신의 노력이 어디에서 비롯되었는지 깊이 생각해 본 적이 없었다.

그런데 자신의 선택이 잘못되었다는 걱정은 조금도 하지 않았다. 그의 사고방식은 대장장이 왕을 모시면서 생겨난 것이었다. 잘못된 선택도 대장장이 신의 뜻이니 결국은 찾아와야 할 결과가 찾아온다.

그들의 복귀는 계단을 절반쯤 올라갔을 때 데스커드의 시선 때문에 끝이 났다. 설득이 쉽지 않아서 답답한 마음에 잠깐 뒤를 돌아보았다가 저 멀리서 느긋하게 달려오는 마차 행렬을 발견한 탓이었다. 서두르고 있지는 않았지만 신전을 목적지로 삼고 있는 게 분명해 보였다.

– 저기 좀 보십시오.

사제장은 돌아가는 길이 번번이 새로운 방문객으로 미뤄지자 인내심이 바닥났다. 추위를 막아 주는 외투를 오카브가 빼앗아 간 것이 크게 작용했다. 그러나 그는 가만히 콧수염을 쓰다듬으며 꾹 참았다.

가까이 다가올수록 행렬에 대해 알 수 있는 것이 많아졌다. 화려한 장식과 함께 마차 한 대에 매달린 여덟 마리 말이 눈에 띄었다. 그 의미가 너무 분명해서 투란과 다사를 제외한 모두의 눈이 휘둥그레졌다.

－황제인가요?

데스커드가 묻자 오카브가 고개를 저었다.

－그럴 리가 없지. 황제의 행차라면 호위만 해도 저 열 배는 될 거다. 황제가 아니라도 여덟 마리 말을 단 마차가 있을 수 있어.

－황제의 명령을 전하는 사절이라면 그럴 수 있지.

옆에서 사제장이 말을 거들었다.

마침내 마차들이 멈추고 안에 탄 사람들이 내렸을 때 그들의 복장으로 보아 제국 사람인 것이 확실해졌다. 몇 명은 학자처럼 보였고 몇 명은 경호를 맡은 병사처럼 보였다. 학자 중 한 명은 아직 세상 물정을 모르는 애송이처럼 보였다. 그와 나이가 비슷한 에이어리조차 그렇게 생각했다.

애송이가 다른 사람들에게 명령을 내리고 그사이 다시 계단을 반쯤 내려온 대장장이 왕 일행에게 다가와 말을 걸었다. 그가 일개 부하는 아닌 모양이었다.

－실례지만 여기가 대장장이 신의 신전으로 통하는 입구입니까? 계단 말고 다른 길이 없는지 알고 싶습니다. 마차를 몰고 갈 수 있으면 좋겠는데요.

그는 공손했고 예의가 넘쳤지만 상대를 불편하게 만드는 기운이 있었다. 긴장하고 있다는 뜻이었다.

－신전 안에서는 말발굽 소리를 내지 않게 되어 있습니다. 방문자는 마차를 세우고 이 계단을 따라 올라오셔야 합니다. 그런데 무슨 일이십니까?

오카브가 그렇게 묻자 상대는 더욱 공손하게 대답했다.

－대장장이 왕을 뵙기 위해서 황제를 대신해 온 2등 서기관 스탐노스입니다.

악명 높은 제국의 외교 문서를 작성할 수 있는 것은

1등 서기관뿐이다. 1등 서기관의 수는 항상 3명으로

유지하고 종신직이라 수명을 다할 때까지 물러나지 않는다.

그 아래 2등 서기관은 30명가량인데

1등 서기관을 보좌하는 역할을 한다.

황제의 곁에서 시위하며 묻는 말에 대답하는 것 역시

그들 중 뛰어난 몇 명이 번갈아 담당한다.

3등 서기관은 300명이 넘는다.

그들은 명목상으로 서기관이라는 신분이지만

실제로는 서기관이 되기 위해 공부하는

학생이라고 볼 수 있다.

2등 서기관 절반 이상이 유행병에 휩쓸렸을 때

남은 이들 중 황제 앞에 설 용기 있는 자가 없었다.

그들은 희생양으로 3등 서기관 중

제법 똑똑하다고 알려진 스탐노스를 지정했다.

스탐노스는 단번에 황제의 눈에 띄었고

대장장이 왕에게 사신으로 파견되면서

한 단계 승진하는 파격 인사의 주인공이 되었다.

II

에이어리가 손님 모두를 차례로 접견하고
명쾌한 해결책을 제시한다

-내가 대장장이 왕이오.

에이어리가 억지로 낸 굵은 목소리에 위엄을 곁들여 말했다. 그의 본래 목소리는 변성기를 지나서도 소년에 가까웠고 새의 지저귐 같아서 오카브나 데스커드 정도가 아니고서야 오래 들으면 귀가 피로해졌다.

자신을 스탐노스라고 밝힌 서기관은 기쁜 기색을 숨기지 않았는데 일반적인 황제의 대리인들과 다른 모습이었다.

-다시 한번 인사드리자면 저는 황제께서 파견하신 2등 서기관 스탐노스 펠리스입니다. 황제께서 제게 큰 임무를 주시어 여기까지 오게 되었습니다.

에이어리와 오카브와 탈와르는 펠리스라는 말에 민감하게 반응했다. 그렇다면 그는 황제와 같은 가문 출신이었다. 에이어리는 전에 만났던 하자젤 펠리스라는 귀족과 그 가족을 오랜만에 떠올렸다. 물론 그는 아직도 그들에게 닥친 비극을 모르고 있었다.

에이어리는 스탐노스를 안내해 대장장이 신전으로 향하는 계단을 밟으려고 했다. 나머지 수행원들은 아래에서 기다려야만 했다.

- 왕이시여, 아직 가시면 안 될 것 같습니다.

- 왜, 데스커드?

- 저기 마차가 한 대 더 오고 있지 않습니까?

과연 황제의 사신이 왔던 길을 따라 마차 한 대가 신들린 듯 달려오는 것이 보였다.

- 마치 루 도인의 길들지 않은 야생마처럼 달리는군.

루 도인 출신인 사제장이 수염을 쓰다듬으며 감상을 말했다.

- 저건 말의 힘만으로 달리는 것이 아닙니다. 저렇게 달리는 마차는 흔하지 않지요.

오카브가 무언가를 아는 사람처럼 덧붙였다.

말이 네 마리 달린 마차는 제국 마차와 멀찍이 떨어진 곳에 섰다. 가까이서 보니 마차는 장식이 없는 평범한 물건처럼 보였으나 스탐노스를 수행하는 사람들은 수상쩍다는 눈빛으로 마차 문을 주시했다.

- 여기가 대장장이 신의 신전 입구가 맞습니까?

마부가 소리쳐 묻자 데스커드가 그렇다고 대답했다. 마차 문이 마치 저절로 열리는 것처럼 미끄러지더니 붉은 옷을 입은 여자가 나왔다. 여자의 붉은 망토는 속이 비쳐 보였다. 마법사를 상징하는 케이프는 진하고 고상한 붉은색이었다.

여자는 젊었지만 머리카락은 하얗게 세어 있었다. 대신 중간중간에 붉은 머리카락이 다발로 남아 있었다. 그녀는 조금도 당황하지 않고 미끄러지듯 우아하게 걸어 대장장이 왕에게 다가섰다. 조금 전 스탐노스가 보인 어색함과는 딴판이었다.

– 대장장이 왕이시여, 마법사 왕국을 대표해서 루비 가문의 카르멘이 인사를 드립니다.

그녀는 망설이지 않고 에이어리의 손가락 끝을 잡았다. 에이어리는 그것이 마법사 왕국의 인사라는 것을 알았지만 당황했다.

– 마법사 왕께서 오랫동안 뵙지 못한 것을 안타깝게 여기십니다. 대신 안부를 전하라고 하셨습니다.

에이어리는 그를 언제 보았는지 생각해 보았다. 카니세리움 때문에 생긴 상처로 고통받았던 평화 조약에서 만난 적이 있었다. 사실 기억이 희미했다. 그때는 어렸고 또 아파서 제정신이 아니었다.

-마법사 왕이 직접 사람을 보냈다면 단순히 안부 인사는 아니겠구나.

오카브는 속삭인다고 말했으나 새로 등장한 마법사는 귀가 민감한 사람이었다.

-물론입니다, 오카브 님. 그러나 지금 이 장소는 용건을 나누기 적당하지 않은 것 같습니다.

-저를 아십니까?

-선대 대장장이 왕이셨던 오카브 님을 어떻게 모르겠습니까?

오카브도 그 말에는 당황했다. 멀리서 상황을 지켜보던 제국 사람들의 눈빛이 가늘어졌다. 그는 제국에서 카부스빌의 학살자라는 이름으로 알려져 있었다.

-다른 손님이 있으시군요.

카르멘이 스탐노스와 밑에서 기다리는 수행원들을 둘러보며 물었다.

스탐노스는 자기가 화제에 오른 것을 알고 가까이 다가왔다. 제국의 대표와 마법사 왕국의 대표는 자신을 소개하고 인사했다. 스탐노스는 이 만남에 별 의미를 두지 않았다. 반대로 마법사 왕국의 사신은 어째서 황제가 대장장이 왕에게 관심을 두는지 궁금해졌다.

대장장이 왕은 둘을 거느리고 이제야말로 신전에 가려고 했다.

─왕이시여.

─뭐야, 데스커드. 또 저기 마차가 오고 있습니다, 같은 말은 아니겠지? 봐, 오고 있는 마차는 없어.

대장장이 왕을 따라 일행도 눈을 돌렸지만 새로 오는 마차는 없었다.

─아니요, 있습니다. 반대편을 보셔야지요.

데스커드가 의기양양하게 서쪽을 가리키자 정말로 새로운 손님이 오는 것이 보였다. 마차는 단 한 대뿐이었지만 앞선 손님들보다 덩치가 컸고 말이 여섯 마리 매어져 있었다. 에이어리는 그쪽에서 올 수 있는 손님이라고는 스타인 출신밖에 없겠다고 생각했다.

이번에 마차에서 내린 사람은 수행원을 단 세 명만 거느리고 있었는데 그들의 행동거지는 군인처럼 보였다.

가운데에서 호위를 받는 사람의 몸은 고급 옷감으로 덮여 있어서 첫눈에 보이는 것은 얼굴뿐이었다. 통통하게 살이 오른 얼굴과 이중으로 접힌 턱이 그의 안락함을 말해 주었다. 그리고 비로소 눈을 아래로 내리면 배가 툭 튀어나온 것이 보였다.

- 대장장이 왕을 뵈러 왔습니다만.

그는 예의를 차리지 않고 곧바로 용건을 말했다.

대장장이 왕은 그 태도가 마음에 들지 않아서 사제장에게로 고개를 돌렸다.

- 사제장, 내가 없는 사이에 신전에 다시 순례자를 받기로 했습니까? 그런 일은 나와 상의했어야죠. 아무튼 앞으로는 우리도 금으로 만든 침대에서 잘 수 있겠어요.

레푸스 대공이 미간을 찌푸렸다.

- 저는 스타인 공국을 다스리는 사람입니다. 대장장이 왕을 뵙기 위해 이렇게 왔습니다.

레푸스 대공이 그렇게 대장장이 왕에게 자신을 소개했다. 그사이 슈타이어는 제국 사람들을 보며 향수와 경계를 동시에 느꼈다. 수염도 그렇고 그를 알아보는 사람은 다행히 없을 것 같았다. 베르크만과 모제스는 도시에 처음 온 시골 사람처럼 두리번거렸다.

- 수행원들은 여기에서 기다리고 계십시오.

탈와르의 말에 불만을 토로하려던 슈타이어의 세 용사 중 두 명은 레푸스 대공과 슈타이어의 눈짓을 확인하고 조용히 물러났다.

어수선했던 상황이 정리되고 에이어리는 혹시나 올지 모르는 네 번째 마차를 기대하며 꾸물거렸다. 그러나 마차는 더 오지 않았다. 실망한 에이어리는 제국과 마법사 왕국과 레푸스 공국에서 온 방문자 셋을 데리고 계단을 오르기 시작했다. 대장장이 왕과 사제들이 이용하는 샛길이 있다지만 방문자는 병자가 아닌 이상 반드시 겸손하게 계단을 걸어 올라가 신전에 들어서야 했다.

그날 저녁 에이어리는 여행의 피로를 풀 사이도 없이 세 방문자를 각자 만났다. 이음매가 없고 매끈해서 처음 본 사람은 놀라기 마련인 알현실은 신전 안에 있었다. 본래 대장장이 왕에게는 알현실로 쓰이는 방이 따로 없어서 곁방 중 가장 그럴듯하게 보이는 것을 에이어리가 골랐다. 그들을 신전 깊숙이 위치한 방으로 안내해 내부 구조를 공개하는 것은 여러 가지로 마음에 들지 않는 일이었다.

처음으로 만난 사람은 제국의 사신이었다. 여전히 지나치게 공손한 스탐노스는 황제의 외교 문서를 건네주었다. 에이어리는 직접 펴서 읽으며 말했다.

─이게 말로만 듣던 외교 문서군. 피네스의 칼 조각이 연꽃 위에 놓였으니 어두워지면 등불을 밝히고 술잔에 기로를 잔뜩 따르라고? 이건 내가 직접 가서 황제를 만났으면 좋겠다는 뜻 아니오? 잠깐, 이 뒷부분은 해석이 안 되는데?

대장장이 왕이 해석하지 못하는 게 당연하다고 생각했던 스탐노스는 당황하며 그렇다고 했다. 그는 직접 설명해 주려고 마음의 준비를 하고 있었다. 대장장이 왕에게는 해석자가 없는 것이 당연한 일이라고 생각했었다.

에이어리는 스탐노스의 솔직한 표정을 보고 낄낄거렸다.

― 대장장이 왕에게도 지식이 필요하오. 세상의 지식 없이 어찌 신의 뜻을 펼치겠소.

에이어리는 황제의 초청에 감사하며 반드시 방문하겠다고 대답했다. 그 시기는 당장이 아니더라도 이른 시일이 될 것이다. 겨울을 넘기고 봄이 오면 출발할 생각이라고 말했다. 스탐노스는 임무를 마친 만족스러움을 굳이 숨기지 않으며 물러갔다.

이어서 두 번째로 만난 루비 카르멘은 고혹적인 외모와 태도로 에이어리가 정신을 차리기 어렵게 만들었다. 다른 사람들과 함께 있을 때는 몰랐으나 방에 둘만 있게 되자 그녀를 비로소 자세히 볼 수 있게 된 덕분이었다. 그녀가 움직일 때마다 에이어리의 코에 이국적인 향기가 스며들었고 젊은 대장장이 왕은 눈에 힘을 주고 아무렇지 않은 것처럼 버텨야 했다. 카르멘은 그것을 알면서도 내색하지 않고 잔잔히 웃을 뿐이었다.

그녀는 마법사 왕국으로 대장장이 왕을 초청했다. 그러면

서 마법사 왕과 에이어리가 8년 전에 만났을 때 생겨난 비밀을 설명했다. 아리셀리스로부터 들은 것이었다.

 그때 우리 왕께서 실수로 자신이 가진 마법의 원천 중 하나를 대장장이 왕의 몸에 넣어 드렸습니다. 보통 마법사는 그런 것을 지니고 있지도 않고 남에게 넣을 수도 없지요. 마법사 왕국에서도 처음 있는 일입니다. 그러나 오시면 해결해 드릴 수 있습니다.

대장장이 왕은 칭가 오줌 냄새라도 맡은 사람처럼 번뜩 정신을 차렸다.

 하지만 그 말씀은 좀 이상하지 않습니까? 내 몸에 깃든 대장장이 신의 기운과 마법의 기운이 충돌할 텐데요? 어떻게 지금까지 내가 그걸 느끼지도 못하고 무사했던 겁니까? 말하자면 내 몸에 폭탄을 가지고 있는 셈인데요.

대장장이 왕이 수긍하고 승낙하리라 생각했던 카르멘은 당황했다. 그녀는 거기까지 생각해 본 적이 없었다. 그러고 보니 대장장이 왕의 지적이 옳았다. 어떻게 그런 일이 가능했던 것일까?

그녀가 가진 지식은 전부 아리셀리스로부터 나왔다. 그러니 대답을 들을 수 있는 것도 아리셀리스로부터였다. 하지만 그를 다시 만나는 것은 요원한 일이었다.

－마법사 왕국에 가도 당장 해결할 방법이 없는 것 아닙니까? 내 몸을 가지고 연구를 해 보겠다는 생각이겠지요? 감히 여기 대장장이 신을 모시는 신전에서 그 뜻을 이어받은 대장장이 왕을 상대로 그런 말을 하다니.

카르멘의 눈앞에 그녀의 매력에 빠져 있던 수줍은 소년은 사라지고 분노하는 대장장이 왕만 남았다. 그녀는 서둘러 고개를 숙여 사과하고 또 사과했다.

－실은 제게 그 사실을 알려 준 사람은 따로 있습니다. 그 사람이라면 이 문제를 쉽게 해결해 줄 수 있을 겁니다. 그는 왕의 동생으로.

－아리셀리스 님이군요.

－예?

－그의 이름은 아리셀리스가 아닙니까?

－맞습니다만, 어떻게?

－그는 내 생명의 은인이기도 합니다. 내가 어렸을 적 가르젠과 함께 여기 신전에 올 때 제국의 까마귀 발톱에게 습격당해 위태로운 목숨을 구해 주었습니다.

그러고 보니 아리셀리스와 대장장이 왕은 인연이 있었다. 아리셀리스는 그 일을 핑계로 마법사 왕국을 떠났다. 잊고 있었던 기억이 돌아오자 카르멘은 덕분에 설득할 틈을 발견해

안도했다.

－그럼 마법사 왕국에 가면 그를 만날 수 있는 겁니까?

－죄송하지만 아리셸리스는 은둔하고 있어서 저희도 찾을 수가 없습니다.

－그러면 아리셸리스 님도 찾지 못한 상태에서 나를 데려가려고 했던 겁니까?

지난번 카르멘은 아리셸리스를 만나고 돌아가서 마법사 왕에게 보고했다. 아리셸리스는 자기가 돌아오기로 마음먹을 때까지 돌아오지 않을 것이다. 그를 찾기도 어렵고 완력으로 돌아오게 할 수도 없다. 그러니 일단 대장장이 왕에게 준 힘을 돌려받아야 한다.

－그 방법을 알고 있어? 나는 주었다는 사실도 몰랐는데.

－그때 몸과 마음이 심히 피곤한 상태였으니까. 일단 대장장이 왕을 데리고 오면 여러 방법을 실험해 볼 수 있을 거야.

왕은 자신의 기력을 되찾을 수 있다는 말에 큰 관심을 보였다. 카르멘에게 당장 대장장이 왕에게 가서 사정을 설명하고 함께 돌아오라고 명령했다.

거기에는 약간의 배려도 담겨 있었다. 그녀가 아리셸리스를 찾으러 간 것에 대해 다이아몬드 가문이 불만을 표시했다. 명백하게 군사 작전을 방해하는 행위가 아니냐는 것이었다.

왕은 카르멘을 나라 밖으로 보내 논란이 사그라들 때까지 시간을 벌어 주려고 했다.

카르멘은 어린 대장장이 왕을 쉽게 설득할 수 있다고 믿었다. 마법사 왕은 생명의 은인이고 그를 구하다 벌어진 일이니 과한 추측이 아니었다. 그러나 그를 데려가려고 온 경쟁자들이 있었다. 그리고 대장장이 왕은 그들의 준비가 미흡하다고 지적했다.

- 생각할 시간이 필요하니 일단 여기서 끝냅시다.

카르멘은 입술을 깨물며 대장장이 왕 앞에서 물러났다.

마지막으로 레푸스 대공이 대장장이 왕을 찾아왔다.

- 대장장이 왕은 우리 스타인 출신이십니다.

레푸스가 그렇게 말문을 열었다.

- 가르젠 님이 왕을 발견하신 곳은 옛 스타인 왕국의 영토 안에서였습니다.

그렇게 말하고 나서 레푸스는 정치인답게 스타인 왕국의 영화를 설명했는데 모두 오래전 지나간 일이었고 지금에 와서 그 나라가 어떤 처지가 되었는지 모르는 사람은 없었다. 에이어리는 젊은이답게 그런 설명을 따분하게 느꼈다.

- 그러나 나는 에퍼 출신이었습니다. 그러니 스타인 출신이라고 말하기도 어렵지요. 내가 기억하는 스타인 국민은 나를

때리면서 학대하던 인간들이었습니다.

레푸스는 에이어리가 일부러 자기를 자극하는 것을 느끼면서도 동요하지 않았다. 애송이처럼 보이는 대장장이 왕도 노련한 구석이 있었다. 에이어리는 그가 겉보기보다 자제심을 갖추고 있는 것을 확인한 다음 가만히 그의 설명을 들었다.

레푸스의 이야기는 스타인이 낳은 최고의 학자에게로 이어졌다. 플리니에 따르면 스타인을 다시 하나로 만드는 데 두 사람이 필요했다. 에이어리와 아리셀리스. 갑자기 에이어리의 눈이 커지는 것을 보고 레푸스는 만족했다.

- 그래서 대장장이 왕을 스타인으로 모셔 힘을 보태 주시기를 간청하는 바입니다.

- 나와 아리셀리스 님을 전쟁 도구로 쓰려는 겁니까?

에이어리는 말하고 싶은 것이 있으면 입 밖으로 꺼내기를 주저하지 않았고 그런 반응을 기대하지 않았던 레푸스로서는 검을 겨루던 상대에게 먼저 찔린 기분이었다. 굳이 따지자면 에이어리의 말이 틀린 말이 아니라서 더더욱 대답할 말이 없었다.

- 대장장이 왕이 신으로부터 받은 힘은 사람을 죽이는 힘이 아닙니다.

- 그러나 선대 대장장이 왕께서는 젤레즈니로 향하는 제국

군대를.

　－스승님은 그로 인해 물러나셨지요.

　레푸스는 의기소침해져서 표정을 일그러뜨렸다. 그가 보인 열성은 깊지 않은 우물에서 퍼 올린 것이라 벌써 딱딱한 바닥이 드러난 모양이었다. 에이어리는 생각보다 일찍 무너진 레푸스의 평정심을 유념해 두었다.

　－알겠으니 가서 쉬십시오. 나도 생각할 시간이 필요합니다.

　마침내 세 사람이 모두 물러가고 나서 지루한 시간을 견뎌낸 에이어리가 기지개를 켰다. 매끄럽게 보이던 한쪽 벽에 네모난 금이 생기더니 문이라고 부를 수 있는 조각이 앞으로 한 걸음쯤 나와 옆으로 물러났다. 작은 비밀 공간 안에서 오카브와 사제장 탈와르가 빠져나왔다.

　－저들은 뻔뻔스럽게도 대장장이 왕을 도구로 보고 있습니다. 세 사람의 부탁 모두 상대할 가치가 없습니다.

　－사제장의 말이 옳아. 선택은 너에게 달렸지만.

　오카브가 팔짱을 끼고 거들었다.

　－하지만 생각해 보면 마법사 왕의 사연은 정말 딱하지 않나요? 그 사람은 저를 위해 그렇게 되었는데.

　－마법사들은 생각보다 무능해. 몇 년이 지나도 너한테서

그걸 빼내지 못할 거다. 아리셀리스라고 하는 친구가 있다면 또 모를까. 거기에서 포로가 되어 살 셈이냐?

오카브는 얼마 전까지 그런 처지였던 자신을 떠올리면서 말했다.

─스승님, 스승님은 언제나 제게 답을 가르쳐 주십니다. 역시 최고의 스승이세요.

─내가 너의 유일한 스승이다. 그런 건 비교 대상이 있을 때 말해야지.

─아무튼 이 얽히고설킨 실타래를 풀 방법을 찾았습니다.

에이어리는 진심으로 기뻐 보였고 도무지 농담하는 것처럼 보이지 않았다.

─벌써? 전부 다 말이냐?

─전부 다는 아닙니다. 그렇게 쉬운 방법이 어디 있겠어요. 하지만 어디서부터 시작해야 할지 알았어요.

그날 밤 푹 자고 일어난 에이어리는 먼저 스탐노스 펠리스를 불러 황제의 요청을 받아들이겠으나 겨울 여행은 건강에 해로우니 봄이 시작되는 대로 출발하겠다고 일러두었다. 스탐노스는 만족하며 물러갔다.

루비 카르멘과 레푸스 스타인도 따로 불러 같은 말을 반복했다.

─그대의 청을 들어주려면 결국 아리셀리스 님이 필요합니다. 그러니 내가 직접 아리셀리스 님을 찾아서 그의 의견을 듣겠습니다.

두 사람은 각자 아리셀리스를 찾는 일이 얼마나 어려운지 아느냐며 항변했지만 대장장이 왕은 그것이 유일한 해결책이라며 권위 있게 손바닥을 휘둘러 두 사람을 물리쳤다.

─우리 대장장이 왕께서는 지혜로우십니다. 아리셀리스를 찾지 못했다는 핑계를 대면 둘의 부탁을 들어주지 않아도 그만이지요. 그는 세상에서 가장 찾기 어려운 은둔자가 아닙니까?

나중에 이야기를 듣고 나서 사제장이 그렇게 평하자 옆에 있던 왕의 스승이 고개를 설레설레 저으며 덧붙였다.

─그게 전부가 아닙니다. 왕은 봄이 되자마자 정식으로 신전에서 도망가 제국 구경을 할 생각입니다. 이번에는 공식적인 임무니까 당당하게 신전을 떠날 수 있지요.

그해 겨울 대장장이 왕 에이어리는 푹 쉬며 기운을 회복한 다음 봄이 되자마자 데스커드와 함께 마차를 타고 제국으로 떠났다. 트라이버가 오랜만에 솜씨를 발휘해 만든 마차는 왕의 마음을 담아 맹렬하면서도 미끄러지듯 황제의 길을 달렸다.

제국과 그 주변 땅의 겨울은

서쪽으로 갈수록 점점 혹독해져

스타인 산악 지대에서 절정에 이른다.

동쪽은 상대적으로 따뜻한데

제국에서 가장 쓸모없는 땅이라고 말하는

에젠 지방은 겨울에도 눈이 오지 않는

온난한 기후가 이어진다.

대장장이 신의 신전은 제국 서쪽에

치우쳐 있어서 겨울만 되면

무릎에서 허리까지 쌓이는 눈을 치워야 한다.

III

유배지에서 탈출한 오셀롯이 제국 수도의
거리를 헤매다 간신히 목숨을 건진다

앞에는 김이 모락모락 나는 접시가 있었다. 접시 안의 내용물은 오셀롯이 참으로 오랜만에 보는 것이었다. 그는 요리의 맛을 안다고 생각했지만 감각을 머릿속에서 재현해 낼 수 없었다.

-힘들게 구했으니 어서 드십시오.

가늘면서 거칠게 느껴지는 묘한 목소리를 지닌 부하는 머뭇거리다가 호칭을 붙였다.

-주인님.

오셀롯은 그 호칭이 마음에 들지 않았다. 그는 한때 제국의 황제로서 모든 것을 소유하고 다스렸다. 지금은 그를 주인님이라고 부르는 사람조차 진정으로 그렇게 생각하지 않는다. 그의 주인은 따로 있었다.

오셀롯은 반응을 살피는 하인에게서 눈을 떼지 않고 한 조각을 입에 넣었다. 그의 피부가 낯선 것을 만났을 때의 설렘처럼 가볍게 떨렸다. 그리고 한 번의 만남으로 익숙한 감각이 되살아나 온몸을 간지럽혔다. 오셀롯은 끙 소리를 내면서 하인을 물러나게 할 것을 그랬다고 후회했다.

– 입에 맞으십니까?

– 아주 훌륭해.

한동안 전임 황제는 말없이 소 혀 요리를 목구멍에 쑤셔 넣었다. 하인은 존재하지 않는 것처럼 기척을 지우고 있었다. 식사를 마치고 오셀롯은 마른 가죽 같은 팔을 문지르며 만족을 표시했다. 하인이 식기를 치우고 돌아오자 그는 대뜸 물었다.

– 그대는 까마귀인가?

– 아닙니다.

– 아니라고?

오셀롯은 의외라는 듯이 되물었다.

– 예.

– 까마귀였던 적도 없는가?

– 그렇습니다. 저는.

하인은 잠시 망설이다 설명했다.

– 어려서부터 작 님의 가신으로 키워졌습니다.

– 그래, 황제의 까마귀들을 다스리는 수장. 그 칼날보다 날카로운 인간을 곁에서 모시던 사람이란 말이지. 왜 까마귀가

아니라 그대를 보냈나?

　－까마귀들을 함부로 믿어서는 안 된다고 하셨습니다. 그들
은 모두 작 님께 복종하지만 같은 생각을 품지는 않는다고 하
셨습니다.

　황제는 혼잣말을 중얼거렸다. 정말로 그는 모든 것을 대비
하고 있군.

　－알겠네. 그럼 나는 언제 또 작을 만날 수 있나?

　－저는 모릅니다. 주인님을 모시고 불편하지 않게 하라는
명령만 받았습니다.

　－여기 오두막 창고에 며칠째 갇혀 있는데 불편하지 않게
하라고? 이쪽에서 작에게 연락할 수는 없나?

　－예, 사방에 눈이 많다고 하셨습니다.

　－그 말이야 옳기는 하지. 황제나 장군이나 학자나 백성이
나 노예나 눈은 공평하게 두 개씩 있으니까. 어째서 그렇게 만
들어졌는지 나는 알 수 없네. 모두에게 눈이 두 개씩 필요한
것도 아닌데.

　오셀롯은 하인과 이야기하는 것이 금방 따분해졌다. 황제
를 위해 대답하는 인형을 만든다면 그와 반응이 다르지 않을
것이다. 그는 인간처럼 반응하는 존재와 이야기하고 싶었다.

　한때 황제였던 사람은 사람처럼 대답하는 인형을 떠올리다

가 생각을 옮겼다. 대장장이 왕이라면 어쩌면 그런 물건을 만들 수 있었다. 대장장이 왕이라면 그를 다시 황제의 의자에 앉게 해 줄 수 있었다. 그럴 줄 알았으면 죽이려고 하지 말고 잘 얼러 줄 것을 그랬다.

　- 젊은이들은 조금만 칭찬해 주면 개처럼 충성하지.

　- 예?

　- 아니야, 혼자 한 말이네. 혹시 작이 바깥에 나가면 안 된다는 말도 했나? 좁고 어두운 방에 가만히 있으니 좀이 쑤시는데.

　- 위급한 일이 아니면 나가지 말라고 하셨습니다.

　- 그러면 위급한 일이 생길 것을 대비해서 잠깐 주위를 둘러보아야겠네. 누가 여기를 들이치기라도 하면 아무것도 모르고 어떻게 도망치겠어.

　- 제가 모실 겁니다.

　- 그대는 불사신인가? 병사들이 들이닥쳐 창으로 찔러 대면 나 혼자 도망가야 할지도 모르는데?

　- 정 주위를 살피고 싶으시다면 온몸을 가리셔야 합니다.

　- 어째서?

　- 수배령이 내려졌고 주인님의 용모가 상세하게 알려져 있습니다.

- 도무지 살이 붙지 않는 이 앙상한 손목 말인가?

하인은 대답하지 않았다. 전임 황제도 더 따지지 않고 그가 건네주는 외투로 온몸을 둘둘 싸맸다. 입은 비단으로 만든 두 건으로 감쌌는데 나이 든 귀족들에게는 가끔 있는 일이었다. 지금은 거의 없어졌지만 예전에는 자기보다 낮은 신분의 사람을 만날 때 입 모양을 보이지 않는 것을 미덕으로 여겼다.

나무를 덧대어 만든 초라한 창고에는 문이 두 개 있었다. 하나는 소리로 보아 거리 쪽이었는데 사람이 드나드는 정상적인 문이었다. 다른 하나는 뒤쪽 구석에 있는데 개나 드나들 수 있을 만큼 작았다. 정사각형의 문을 통과하기 위해서는 바닥을 기어야 했다.

오셀롯은 그 문을 보면서 섬에 갇혀 있던 시절을 떠올렸다. 좁은 굴속을 기어 탈출하면서 하늘을 향해 저주를 퍼부었었다. 팔라스의 넉넉한 살집이 짐승에게 물어뜯기기를 빌기도 했다. 물론 그 시간 부드러운 이불에 파묻힌 팔라스에게는 아무 일도 일어나지 않았다.

- 저 문으로 드나들 일은 없기를 바라네.

창고에 들락날락하기 귀찮아서 만든 입구였다. 깨질 염려가 없는 것들을 굴려 넣기 위해 경사가 져 있었고 끝에 완충 역할을 하는 포대를 대어 놓았다. 오셀롯의 쇠약한 몸으로는 구멍까지 기어오르기조차 어려워 보였다.

오셀롯은 천장에 머리를 부딪치지 않으려고 머리를 숙여 문으로 다가섰다. 햇빛이 창처럼 찔러 대는 허술한 문을 밀어 젖혔다. 골목에는 다행히 아무도 없었다.

오셀롯이 서 있는 곳은 놀랍게도 시장의 한 골목이었다. 불과 몇십 걸음만 들어가면 제국 수도 사람의 절반이 모여 있는 큰 시장이 나왔다. 그들은 속이고 흥정하고 구경하고 소리를 지르느라 골목을 살필 겨를이 없었다. 초라한 골목에 어울리지 않는 사람이 한때 그들의 주인이었다는 것을 몰랐다.

– 시장이라니 작도 재미있는 짓을 했군. 하기는 사람이 많은 곳이 오히려 안전한 법이지. 이 시장에 나 말고도 도망자가 얼마나 많을까.

낮에도 햇빛이 들지 않는 곳에서 앉아 있던 오셀롯에게 바깥은 자극이 심했다. 빛에 적응하는 것도 힘들었지만 온갖 것들이 뒤섞인 소리도 귀를 때렸다. 안에서도 간간이 시끄러운 소리가 들렸지만 설마 시장 옆이라고는 생각하지 못했던 것이다. 오셀롯은 눈과 귀가 적응할 때까지 잠시 기다렸다.

걷기 시작하자 이번에는 다리가 삐걱거렸다. 하인이 얼른 부축하지 않았으면 바닥을 구를 뻔했다.

– 고맙네.

전임 황제는 그 말을 참 오랜만에 해 본다고 생각했다. 황제는 당연히 그런 말을 자주 쓰지 않았다. 황제를 위해 일하는 자들이 마땅히 황제에게 고마워해야 하는 법이다. 그러나 이제 초라한 처지에 놓이고 보니 그 말을 오랜만에 하는 것도 기분이 나쁘지 않았다.

대신 작에 대한 분노가 솟구쳤는데 그러면 분명히 더 좋은 장소도 마련할 수 있었을 텐데 일부러 수작을 부리고 있다는 생각이 들어서였다. 오셀롯은 황제일 때도 그랬지만 작에 대한 신뢰를 완전히 거두기로 했다. 그러나 지금 오셀롯을 지탱하고 있는 유일한 사람은 작이 보낸 부하였다.

두 사람이 본격적으로 시장에 가까워졌을 때 세 번째 감각이 찾아왔다. 사람들의 체취와 생선과 온갖 이국적인 향료 냄새가 코를 때렸다. 그 밖에도 오셀롯이 알 수 없는 냄새들이 고약한 악취를 만들어 냈다. 그러나 사람들은 전혀 느끼지 못하는 것처럼 평온하게 보였다.

─냄새가 조금 고통스럽군. 그대도 그렇게 느끼나?

─아닙니다.

─본래 사람들이 모여 사는 곳에서는 이런 냄새가 나는 거였군그래.

오셀롯은 하인에게 뜻을 전하기 위해 목소리를 높여야 했다. 황제였던 사람에게는 익숙하지 않은 일이라 금방 목구멍이 뻣뻣해지는 기분이 들었다.

－시장이라면 그렇습니다.

－세상의 주인이 정작 세상에 대해서는 아는 게 별로 없었어. 손가락을 휘둘러 명령할 줄만 알았지.

오셀롯은 금방 분위기에 적응했고 즐거움도 약간 느꼈다. 사람들 사이에 둘러싸이는 것도 나쁘지 않았다. 그들은 그의 정체도 전혀 모르고 있었다. 만약 알았다면 감히 고개도 들지 못했을 것이다.

－돌아가셔야겠습니다.

하인이 그렇게 말한 것은 오셀롯이 한창 소리와 풍경과 냄새에 취해 있을 때였다.

－조금 더 구경했으면 좋겠는데?

－이쪽에 관심을 가진 자들이 있습니다.

전임 황제는 덜컥 겁이 났다.

－여러 명인가?

－그런 것 같습니다.

－까마귀 발톱이야?

－그럴 수도 있고 아닐 수도 있습니다.

－원래 장소가 아니라 다른 곳으로 가야겠지? 가면 그대가

다 처리할 수 있겠지?

　-몇 명인지에 달렸습니다. 저들도 시장 한가운데서 섣불리 접근하지는 않을 겁니다. 이목을 끌고 싶지 않을 테니까요.

　황제는 걸음을 조금 빠르게 했다. 쇠약해진 다리는 그럴 힘이 없었지만, 옆에서 기둥처럼 버텨 주는 하인 덕분에 나아갔다.

　소리와 냄새와 풍경과 촉감이 하나로 섞여 오셀롯을 자극했다. 그는 어떤 것도 구별하지 못하고 본능적으로 다리를 움직였다. 그러다가 시골에서 온 것처럼 보이는 젊은 귀족 청년과 부딪쳤다. 청년은 바닥에 쓰러지고 오셀롯은 하인 덕분에 넘어지지 않았다.

　-괜찮으세요?

　옆에서 걷던 청년의 하인이 그를 일으켰다. 키만 훌쩍 커서 힘은 약할 것처럼 보였다. 오셀롯은 넘어진 청년을 내려다보았는데 막 성인이 된 듯한 앳된 얼굴이 왠지 모르게 익숙했다. 그가 황제였던 시절에 분명히 본 적 있는 얼굴이었다.

　-어서 가시지요. 시간이 없습니다.

　옛 황제는 하인의 손을 가볍게 뿌리치고 귀족 청년 앞에 섰다.

　-부딪쳐서 미안하네. 이름이 어떻게 되지?

청년은 옷을 툭툭 털더니 당당하게 가슴을 펴고 대답했다.

─바락, 바락 나지에입니다.

─나지에? 희귀한 성이군.

오셀롯은 그런 성을 가진 귀족에 대해 들은 기억이 없었다. 하인이 자꾸 잡아끄는 바람에 더는 시간을 지체하지 못했다. 오셀롯의 몸은 앞을 향하면서도 끝까지 고개를 돌려 청년을 보았다. 사람들이 파도처럼 밀려와 두 사람 사이를 막아설 때까지 그랬다.

─저 사람, 나한테 이름을 묻고 나서 자기 이름은 밝히지 않았어. 제국 귀족은 원래 다 저 모양인가?

─주인님, 체력을 키우셔야겠어요. 노인하고 부딪혀서 혼자 쓰러지시다니.

청년은 팔을 문질렀다.

─그게 말이야. 저 사람 팔이 꼭 나무로 만든 것 같았어. 어찌나 딱딱한지. 이것 봐, 멍이 들었잖아?

그의 부드러운 피부에는 정말 누렇고 퍼런 기운이 스며 나와 있었다.

─그나저나 바락 나지에는 또 무슨 이름인가요? 제발 평범한 이름을 쓰세요.

─이제 에이어리라는 이름은 쓸 수가 없잖아? 투란이 살던

마을의 클로파스라는 인간도 그 이름으로 내 정체를 알아차렸던 것 같으니까. 그리고 젤레즈니는 왕족의 성이라 호기심을 끄니 둘러대기 좋지 않아. 그래서 별로 안 유명한 역사 인물들에게 이름을 좀 빌려 왔지.

―그럼 좀 평범한 걸로 빌려 오셨어야죠.

청년이 어이가 없다는 듯 웃어 버렸다. 키가 큰 하인도 함께 웃었다. 지나가던 제국 사람들이 두 사람에게 관심을 보이자 그들은 다시 사람들 속으로 파묻혔다.

―분명히 어디선가 봤던 얼굴이야.

오셀롯은 도망치면서도 계속 만남을 곱씹고 있었다. 그의 기억력은 아직 쓸 만했다. 황제 시절부터 수많은 사람을 만나면서도 얼굴을 거의 잊지 않았다. 그러나 청년의 얼굴은 떠오를 듯 떠오르지 않았다.

―조금 더 힘을 내셔야 합니다. 적이 아직도 우리를 쫓고 있습니다.

하인은 그를 끌고 좁은 골목 사이를 마구 누볐다. 그들이 숨어 있던 작은 창고는 벌써 아까 지나친 참이었다. 오셀롯은 끌려가다시피 걸으면서 그가 나가고 싶지 않다고 했던 작은 문을 볼 수 있었다. 한때 황제였던 사람은 차라리 그 문으로 뛰어들고 최후를 기다리고 싶은 욕망이 생기려는 것을 단칼에 잘랐다.

그들이 도망가는 속도는 어린아이가 어설프게 뛰는 것과 다를 바가 없어서 마침내 추격자들이 그들을 앞질러 길을 막아섰다. 오셀롯은 벽 뒤에 숨은 적의 기척을 느꼈다. 그는 평생을 암살 위협과 함께 살아온 인물이었다. 팔을 들어 하인에게 멈추라고 지시하자 하인도 상황을 파악하고 그의 말을 따랐다.

얼굴을 가리고 검은 옷을 입은 사람이 앞에 두 명, 그리고 뒤에도 두 명 있었다. 어쩌면 무너져 가는 벽 뒤에 한두 명 더 숨었을지도 몰랐다.

-무기는 가지고 있겠지?

-예.

-나도 하나 주게.

작 밑에서 훈련받은 자라면 무기를 하나만 가지고 다니지는 않았다. 하인은 그에게 작은 칼을 건네는 동시에 뒤쪽으로 뛰쳐나갔다. 황제는 그의 움직임을 이해하지 못해 겨우 눈으로만 쫓았다. 하인은 한 사람의 목을 찌르려다가 그만 상대의 칼에 베였다.

하인의 팔에서 보통 사람보다 더 진하다 못해 검어 보이는 피가 흐르자 상대가 소리쳤다.

- 검은 피. 루 도인.

황제도 암살자들도 그 순간에는 생각이 정지했다.

하인을 찌른 자는 그 말을 남기자마자 거꾸로 목을 찔려 바닥에 쓰러졌다.

- 루 도인이라고?

대장으로 보이는 자가 경악에 찬 소리를 냈다.

- 한때 황제였다는 자가 긍지도 없이 루 도인을 끌어들였는가?

황제는 얼른 고개를 들어 하인을 보았다. 찢어진 옷 사이로 드러난 팔을 타고 흐르는 피는 붉은 기운이 적어서 보기에 따라서는 검다고도 말할 수 있었다. 피부는 반쯤 투명하고 단단하게 보였다. 남색 혈관이 징그럽게 비쳐 보였다.

- 루 도인이었군.

그가 하인을 만난 것은 언제나 창고의 어둠 속에서였다. 그곳에서는 상대가 어떻게 생겼는지 제대로 보기 어려웠다. 오늘 시장으로 나온 것이 첫 번째 외출이었다. 하인은 온몸을 옷으로 감싸고 있었고 오셀롯은 여러 감각으로 어지러웠다.

루 도인이라고 불린 하인은 개의치 않고 앞쪽으로 뛰었다. 암살자들은 당황해서 저항했지만 그는 침착하게 한 명씩 처리했다. 절도 있는 동작이 루 도인이라서 가능한 것은 아니었다. 작이 직접 키운 암살자의 동작이었다.

－이자도 찌를까요?

하인이 대장으로 보이는 사람 앞에서 칼을 든 채로 물었다.
그는 상대가 루 도인이라는 것을 알고 경악했던 사람이었다.

－아니, 물어볼 것이 있어. 도망치려고 하면 그때 죽이게.

그 말과 동시에 죽을 뻔했던 사람의 다리에 힘이 풀렸다. 저
절로 그렇게 되었거나 도망갈 생각이 없다는 것을 보여 주려
는 것 같았다.

하인은 피에 젖은 칼을 바닥에 쓰러진 자의 옷으로 닦았다.
그리고 옆으로 물러나 팔에 입은 상처를 지혈했다. 반투명한
피부를 빼면 보통 사람과 다를 것이 없었다.

오셀롯은 그와 이야기를 나누고 싶었으나 포로가 우선이었
다.

－그대는 내 정체를 알고도 나를 죽이려고 했지.

포로가 된 자는 머뭇거렸다.

－보통 인간으로서는 불가능한 일이야. 명령을 내린 자가
날 죽여도 될 만큼 대단한 자가 아니라면 말이야. 그게 누구인
가?

어쩌면 대답을 들을 수도 있었다. 그러나 멀리서 외치는 소
리와 함께 사람들이 몰려왔다. 그들의 말은 이해하기 어려웠

지만 사람이 죽었다는 내용 같았다.

하인은 적을 찌를 때처럼 재빨리 오셀롯의 곁으로 다가섰는데 보지 않으면 기척을 느낄 수 없었다.

– 가셔야겠습니다.

– 저 사람은.

조금 전까지 다리를 떨던 자는 어느새 힘을 얻었는지 사라지고 없었다.

암살자 세 명이 쓰러진 장소는 금방 혼란스러워졌다. 하인은 오셀롯을 부축해서 그 자리를 벗어났다. 왼쪽으로 꺾어 폐허로 들어간 다음 오른쪽으로 걷다가 다시 왼쪽으로 꺾었다. 오셀롯은 끌려가다시피 하면서 하인의 단단한 팔을 느꼈다.

황제였던 그가 루 도인을 보는 것이 처음은 아니었다. 그러나 그들의 단단한 피부에 대해서는 소문만 들었었다. 루 도인은 불길하다고 여겨 제국에서 지극히 꺼리는 사람들이었다. 그러고 보면 제국은 자신들을 뺀 모든 이방인을 싫어했다.

하인은 그를 이리저리 끌고 다닌 끝에 한 장소로 인도했다. 오셀롯은 그곳에 들어서자마자 익숙한 냄새와 먼지를 느꼈다. 불과 몇 시간 전까지 숨어 있던 바로 그 창고였다. 황제는 그 누추한 거처에서 처음으로 아늑하다는 말의 의미를 이해했다.

황제가 자리에 앉아서 안도하는 신음을 내뱉었다. 겨우 한 숨 돌린 황제는 자신을 지킨 사람을 다시 쳐다보았다. 어둠 속에서는 보통 사람과 구별되지 않았다. 그의 반짝이는 눈빛은 세간의 평처럼 야만스럽게 보이지 않았고 평범한 인간과 똑같았다.

– 그대는 루 도인이지.

– 그렇습니다.

루 도인은 옛말이었다. 오셀롯이 기억하기로는 대충 두 가지 해석이 있었다. 루 도인에게는 그 이름이 그들의 자긍심을 상징하는 말이었다. 그러나 제국에서는 그 말이 경멸하고 싶은 대상에 붙이는 것이 되었다.

– 이름이 무엇인가?

– 수입니다.

– 수?

오셀롯은 수의 긴 머리카락과 쉰 듯한 목소리를 통해 별안간 수가 여자라는 사실을 눈치챘다. 루 도인은 성별에 따른 힘과 속도의 격차가 크지 않다고 들은 기억이 있었다. 작 딴에는 어쨌든 강한 부하를 보내 준 셈이었으니 아직 전임 황제가 비명횡사하는 것을 바라지 않는 모양이었다.

– 내가 다시 황제가 될 때까지 그대를 내 호위로 삼아야겠

어. 작이 나를 만나려 하지 않으니 그대가 직접 그렇게 전하게.

하인은 등을 살짝 돌려 고개를 한 번 끄덕인 다음 창고를 나갔다.

오셀롯은 어둠 속에서 금방 떠오른 생각을 급하게 머릿속에 그리며 새겨 나갔다. 가운데에는 황제인 자신이 앉아 있었고 그 영토는 북쪽 산지 아래에 있는 작은 나라들을 전부 삼키고 있었다.

마지막으로 그의 뒤에 길게 늘어서 있는 것은 루 도인으로 이루어진 군대였다.

제국 서쪽에 끝도 없이 펼쳐지는

황무지를 따라 올라가면 루 도인이 나온다.

농사가 제대로 되지 않는 척박한 땅이라

사람들은 정착 대신

무리 지어 떠도는 생활을 한다.

이 땅에만 거주하는 피부가 투명한 사람들은

땅의 이름을 따서 루 도인이라고 불린다.

어떤 사람들은 그 저주받은 땅에 본래 이름이 없었으나

루 도인이 들어와 살게 되면서 자연스레

사람들의 이름이 땅에 스며든 것이라고 말한다.

루 도인의 선조들이 아무도 통과할 수 없다고 여겨지는

북쪽 산맥을 지나 루 도인 땅에 정착했다는 말도 있다.

그들의 이국적인 모습의 원인을 찾으려는 노력인데

정작 루 도인들은 선조로부터

그런 지혜를 받은 적이 없다고 말한다.

IV

아리셸리스를 찾는 에이어리가
위대한 조언자의 집을 찾아간다

－어째서 그러십니까, 바락 님.

바락이라고 불리는 에이어리는 시장 한가운데서 우뚝 섰
다. 그 바람에 덩달아 멈추게 된 뒷사람 몇 명이 불평하거나
욕을 내뱉었다. 제국 시장에서는 흐름을 빠져나오지 않는 한
멈추는 것이 허용되지 않는 모양이었다.

－이상해, 데스커드.

에이어리가 끊이지 않는 사람들의 물결에서 한 발짝 물러
서면서 말했다.

－그런데 왜 저는 가짜 이름이 없고 그냥 데스커드지요?

데스커드는 주인이 할 말보다 그쪽에 더 관심이 있었다. 에
이어리는 장난기 어린 눈을 구태여 감추지 않고 이리저리 굴
렸다.

－그건 아주 간단한 이유야, 데스커드. 네 이름이 유명하지
않기 때문이지. 혹시라도 대장장이 왕의 이름을 외우는 자가

있을지 모르지만 네 이름은 아니야. 네가 가르젠 정도로 무용을 떨치면 또 모를까.

─전쟁에 나간다거나 하면 그렇게 어렵지 않아요. 하지만 바락 님을 따라다니면서 수발만 들고 있으니 활약할 기회가 없지요.

─감출 수 없는 것은 언젠가 드러나게 되어 있어. 제국 속담에도 비슷한 말이 있지. 뭐였더라?

─거북이도 배를 드러내는 날이 있다.

─그건 의미가 좀 다르지. 오래 기다리면 마침내 약점을 발견할 수 있다는 뜻이니.

─제 배는 등딱지처럼 무지막지하게 단단하고 강하니까요. 기다리면 제 배에 호되게 맞아서 제 이름을 기억하는 자들이 많아질 겁니다.

─그래, 그러면 너도 그때부터 가짜 이름을 써.

에이어리는 데스커드의 말에 건성으로 대답했다. 데스커드는 그제야 에이어리가 멈춘 이유를 말하려고 했던 것이 생각났다. 데스커드가 묻기도 전에 에이어리가 말을 꺼냈다.

─아까 그 노인 말이야.

─어떤 노인이요? 여기 있는 사람 중 반의 반은 노인인데요?

－그래, 확실히 제국 사람들은 생활이 윤택하니까 오래 사는 것 같아. 아까 부딪히고 내 이름을 물었던 사람을 말하는 거야.

－아, 그 주름이 쪼글쪼글한 할아버지요?

－아무래도 어디선가 본 적이 있는 것 같아.

－어디서요?

－그걸 알면 내가 말했겠지.

데스커드는 하긴 그렇다고 생각하며 에이어리가 더 생각하게 가만히 있었다. 그러나 에이어리가 통 움직일 생각을 하지 않아 다시 재촉해야 했다.

－주인님, 일단 여기를 나가서 생각하시죠.

－그 사람을 떠올리니까 이상하게 가슴이 아파.

－설마 심장이요?

－아니, 예전에 다쳤던 흉터가.

그렇게 말하면서 에이어리는 가슴에 손을 가져갔다. 거기에는 아직도 오톨도톨하게 솟은 흉터가 남아 있었다.

오래전 그의 곁에 젤레즈니 여왕 데네브가 있었고 멀리서 다가오는 카니세리움이 있었다. 카니세리움이 앞발을 휘둘렀고 데네브와 그가 날아갔다. 그다음에는 고통이 찾아왔고 낮과 밤을 구별할 수 없었다.

그리고 빛이 있었다. 빛이 몸으로 스며들자 눈을 떴고 광채 속에서 그 얼굴을 보았다. 빛 가운데 주름이 가득한 얼굴이 하나 있었다.

─아.

─기억나셨어요?

─그래, 그 사람은 황제야.

데스커드가 입에서 침을 튀겨 가며 비웃었다. 에이어리는 자기가 생각해도 말도 안 되는 소리인 걸 알아서 특별히 화내지 않았다.

─하긴 그 옛날 황제는 지금 황제에게 쫓겨나서 이름도 모르는 섬에 갇혀 있다고 했지.

─만약 그 사람이 정말 황제였던 사람이라면 지금도 최소한 까마귀 발톱들이 호위해야 하는 거 아니에요?

시장의 소란스러움 가운데 어떻게 들렸는지 옆을 지나던 사람이 기겁했다. 풍족해 보이는 사람은 데스커드의 귀에 얼른 속삭였다.

─젊은 친구, 그 새 이름은 함부로 입에 담지 마. 여기서는 모두 그냥 까만 새라고 불러. 그 이름을 부르면 역병보다 더한 걸 불러온다고 하니까.

그는 대답을 들을 생각도 없다는 듯이 시장의 흐름 속으로 빨려 들어갔다. 데스커드는 방금 들은 말을 에이어리에게 옮겨 주었다. 둘은 그가 사라진 곳을 보며 제각기 중얼거렸다.

─옳은 충고야.

─옳은 충고네요.

─이제는 우리도 흐름에 합류해서 시장을 빠져나가자. 이러다가 하루가 다 가겠어. 오늘 목적지까지는 가야 하잖아?

─그렇게 하시죠.

그들이 시장 구경을 마치고 나가려고 할 때 목청 좋은 몇몇이 외치는 소리가 들렸다. 시장 어느 골목에서 칼부림이 났다고 하는 것 같았다. 그 말을 듣고 호기심 많은 이들이 새로운 줄기를 만들며 갈라졌다.

데스커드가 모시는 사람은 단호하게 안 된다는 눈빛을 보냈다. 데스커드는 못내 아쉬운 듯이 자꾸 뒤를 돌아보았다. 둘은 조금 전 만난 노인과 그 일이 맞닿아 있다고는 생각하지 못했다.

시장을 빠져나온 그들은 잘 정비된 대로변에서 길을 물었다. 그들이 찾는 곳을 모르는 사람이 없어서 길을 헤맬 필요가 없었다.

─저기 보이는 높게 솟은 황궁을 향해 걷다 보면 귀족들의 거주 지역이 나옵니다. 거기에 들어서면 오른쪽만 보고 계속

걸으십시오. 색깔을 해괴하게 칠해 놓은 이상한 건물을 찾으시면 됩니다.

에이어리와 데스커드는 그 말만 듣고 쉽게 찾을 수 있을지 확신이 서지 않은 채 걷기 시작했다.

—제가 보기에는 저 집이 가장 크고 화려하네요. 심지어 난간 기둥에 금까지 칠해 놓았어요. 누가 떼어 가면 어쩌려고 저러는 걸까요?

—저런 걸 지어 놓은 인간이라면 기둥을 지키는 게 일인 하인도 하나쯤 있겠지. 그런데 내가 보기에는 저 집이 더 화려한데? 창문이 모두 색유리로 되어 있어. 비둘기, 고래, 사자, 전부 동물 모양이야.

대장장이 왕은 자신이 신에게 부여받은 능력을 잊고 떠들었다. 그가 원한다면 그런 물건들은 땀도 흘리지 않고 눈 깜짝할 사이에 만들어 낼 수 있었다.

그들은 시골에서 처음 상경한 사람처럼 고개를 좌우로 두리번거리며 천천히 귀족들의 집을 구경했다. 걸음이 느릴 대로 느려졌지만 해괴한 건물을 찾지 못하고 곧 거리가 끝나는 지점까지 가 버렸다. 앞으로 이어지는 공간은 상인들의 것이었는데 앞선 거리의 다채로움에는 미치지 못해서 대장장이 왕은 금방 흥미를 잃었다.

―아까 귀족들의 집이 늘어선 거리에서 오른쪽을 보라고
했지? 그렇다면 우리가 그냥 지나친 거야? 아니면, 혹시 저거
아닐까?

―아.

에이어리의 말을 듣고 데스커드가 소리를 냈다. 귀족들과
상인들의 구역 틈에 작은 건물이 하나 있었다.

돌을 네모나게 잘라서 바닥에 꽂아 놓은 다음 안을 판 듯한
모양이었다. 이음새도 없고 튀어나온 곳도 들어간 곳도 없이
완벽한 네모였다. 면은 굴곡이 보였지만 적당히 매끈하게 다
듬어져 있었다. 면마다 자주색과 푸른색과 노란색과 붉은색
을 대충 나누어 칠해 놓았다.

그리고 그 곁에는 역시 색색의 천을 걸쳐 놓았는데 어떻게
했는지 바람을 타고 달아나지 못하게 고정된 얇은 천들은 제
멋대로 나풀거리며 건물의 형태를 훤히 드러내고 있었다.

앞서 보았던 귀족들의 집은 그래도 조화를 추구해서 화려
하지만 절제한 구석이 있었다. 집보다 바위에 가까워 보이는
덩어리에는 그런 배려가 없었다. 존재를 뽐내고 싶어서 안달
인 마음이 그대로 드러나 보였다.

에이어리와 데스커드는 괴상한 집 옆에서 서성거리는 제국
병사들을 보았다. 그들은 까마귀가 아니라 정식 군대였다. 까

마귀와 구별하기 위해서인지 복장에서 검은색이 완전히 빠져 있었다. 그래도 벽면을 물감으로 뒤덮은 건물과는 어울리지 않게 칙칙했다.

　－한번 가 보자.

　에이어리가 주저하는 데스커드를 두고 먼저 그쪽으로 걸었다. 데스커드는 에이어리의 뒤를 졸졸 따라갔는데 그래 보아야 껑충하게 솟은 키 때문에 얼굴은 감출 수 없었다.

　－여기가 위대한 조언자의 집인가요?

　에이어리가 한구석에서 잡담하며 시간을 보내는 병사들에게 물었다. 병사들은 앳된 목소리에 짜증을 섞어 대꾸하려다 그가 입은 옷을 보고 생각을 바꾸었다. 에이어리는 겉보기에 그럴듯한 귀족처럼 차려입고 있었다.

　－예, 그렇습니다.

　－그렇다면 어째서 줄을 선 사람이 없죠? 유명한 점쟁이라면 찾아오는 이가 많을 텐데.

　－위대한 조언자는 줄을 선다고 아무에게나 대답해 주시지 않습니다. 무지막지한 대가를 지불해야 단 한마디를 들을 수 있지요. 게다가 사람들이 줄을 서면 그날은 아예 문을 닫아 버리십니다.

　병사가 귀족 주제에 그것도 모르느냐는 말투로 대답했다.

대장장이 왕은 무지막지한 대가를 겁내지 않았다. 그래서 그는 병사의 옆을 지나서 안으로 들어가려고 했다. 그런데 그에게 대답해 준 병사와 옆의 동료들이 문을 막아섰다.

－죄송하지만 지금은 중요한 공무 중이라 안 됩니다.

에이어리는 데스커드를 시켜 병사들을 때려눕혀야 하나 고민했다. 나중에 문제가 생기면 황제가 초대한 손님이니 괜찮다고 우길 생각이었다.

하지만 그전에 문이 열리고 커다란 머리 하나가 불쑥 튀어나왔다. 그 아래에 붙어 있는 목과 어깨와 가슴도 거대했는데, 그런 것을 떠나 에이어리와 데스커드에게는 익숙한 형체였다.

－가르젠.

가르젠이 두 사람을 확인하자마자 문밖으로 뛰쳐나와 이마를 매만지며 울음을 터뜨리려는 건지 화를 내려는 건지 알 수 없는 목소리로 외쳤다.

－오, 마침내 오셨군요. 저 망할 예언자가 겨우내 여기 붙어 있어야 한다고 예언하는 바람에 돌아가지 못했습니다. 그 말이 맞기는 맞았군요.

에이어리와 데스커드의 어깨에 가르젠의 굵은 팔이 하나씩 얹어졌다. 가르젠은 두 사람을 데리고 들어가자마자 문을 닫아 바깥 병사들의 시선을 가렸다.

에이어리가 짐작했던 것과 다르게 정작 건물 안에는 눈을 공격하는 색깔의 홍수가 없었다. 오히려 응접실은 눈이 편안하도록 엷은 색으로 꾸며진 벽과 장식물에 푹신한 카펫이 깔려 있어 에이어리의 마음이 편안해졌다.

─ 그래서 어떻게 여기까지 오게 되셨습니까?

가르젠이 에이어리를 의자에 반은 강제로 앉히면서 물었다. 에이어리가 막 자신이 겨울이 시작되기 전에 겪은 모험을 이야기하려는 순간 안쪽에서 나오는 사람이 있었다. 그는 자신을 뒤따라 나오는 여자에게 화를 내느라 가르젠과 에이어리와 데스커드가 그 자리에 있는 줄도 몰랐다.

─ 어째서 설명해 주지 않으십니까?

─ 말씀드렸지 않습니까? 대장장이 신은 오직 한마디만 전해 주실 뿐입니다. 저는 그 말의 의미가 무엇인지 알지 못합니다. 그대로 따르고 말고는 디노펠리스 님의 선택입니다.

세 사람은 대장장이 신이라는 말이 나왔을 때 처음 움찔했다가 디노펠리스라는 말이 나오자 다시 한번 움찔했다. 디노펠리스라는 이름으로 불리는 사람이라면 전임 황제 오셀롯의 아들이자 팔라스 황제의 조카가 분명했다. 그는 여전히 황태자의 지위를 유지하고 있었다.

에이어리는 비로소 그를 자세히 볼 마음이 들었다. 키는 에이어리보다 크고 나이도 몇 살 더 많아 보였다. 머리카락은 심하게 곱슬해서 둥글게 부풀어 있었고 작은 입매는 고집스럽게 보였다. 어깨가 좁고 팔이 길었는데 그나마 어깨 위에 장식으로 달아 놓은 술 덕분에 머리가 커 보이지는 않았다.

  ─가만히 있으라. 내가 들은 말은 그게 전부입니다. 가만히 있으라는 말이 무슨 뜻입니까? 침대에 가만히 누워 있으란 말입니까, 아니면 숨도 쉬지 말라는 뜻입니까?

  ─확실히 저렇게 따지는 건 가만히 있는 것에 들어가지 않겠죠?

에이어리가 가르젠에게 한 말이 황태자의 귀에도 흘러들었다. 그는 분노를 분출할 방향을 찾고 있던 차에 잘 되었다는 듯이 에이어리에게 다가섰다. 그러나 에이어리는 정작 싱글싱글 웃으며 앉아 있고 거대한 몸집의 가르젠이 벌떡 일어서자 주춤할 수밖에 없었다.

  ─오셨군요, 대장장이 왕.

뒤쪽에 서 있는 여자가 그렇게 말했을 때 에이어리가 펄쩍 뛰지 않은 것은 황태자 앞에서의 체면 때문이었다. 그러나 놀라기는 황태자도 마찬가지인 것 같았다.

  ─오늘 오실 줄 알고 있었습니다.

－아니, 그렇게 다 알면서 어째서 나에게는 말하지 않았소?

가르젠이 정말 억울하다는 듯이 물었다.

－이미 한 번 대답을 드렸으니까요. 같은 질문에 대한 대답은 한 번으로 족합니다.

에이어리는 황태자를 놓아두고 대신 자신의 정체를 알아본 위대한 조언자를 관찰했다. 허리까지 오는 긴 머리를 몇 갈래로 땋은 그녀는 체구가 작았다. 얼핏 보면 오카브보다 나이가 조금 많아 보였지만 다시 살피면 매우 원숙하게도 보였다. 입고 있는 옷은 대장장이 신의 사제들이 입는 겉옷과 비슷했다.

－아녜시입니다.

－에이어리입니다. 제가 온 이유는.

－이미 알고 있습니다. 안으로 들어오십시오.

뒤돌아서는 아녜시에게 황태자가 다시 항변했다.

－하지만 내 이야기가 아직 끝나지 않았습니다.

아녜시는 못 들은 척 검은 천으로 가린 공간으로 사라졌다. 황태자는 그녀를 따라 들어가고 싶었지만 차마 그러지 못해 망설이는 모습이었다. 에이어리는 아녜시가 황태자를 대하는 태도에 적지 않게 만족해서 일부러 과장된 걸음으로 그녀를 따라 들어가 모습을 감추었다.

황태자는 가르젠과 데스커드와 함께 응접실에 남았다. 그는 위엄을 뽐내고 싶었지만 조금 전 벌어진 사태 때문에 처지가 초라해졌고 그래서 두 사람이 자신을 존경하지 않을 것을 알았다. 그는 여유로운 태도를 보이는 대신 두 사람에게 소리를 빽 질렀다.

– 뭐요?

– 뭐가 말입니까?

가르젠이 침착하게 되묻자 황태자는 더 이상 그 상황을 참지 못하고 문을 열고 나가 버리더니 다시 돌아오지 않았다. 잠시 후 마차가 움직이는 소리가 나는 것을 보면 그대로 떠나는 것 같았다.

에이어리는 위대한 조언자를 따라 안으로 안으로 들어갔다. 공간과 공간, 방과 방 사이를 막는 것은 벽이 아니라 천장에서 늘어뜨린 천이었다. 투명하고 하늘거리는 것도 있고 두텁고 무거운 것도 있었다. 밖에서 보았던 것보다 다채로운 색깔의 파도에 에이어리는 어지러워졌다.

위대한 조언자는 웃으며 에이어리의 손을 부드럽게 잡아끌어 그를 인도해 의자에 앉혔다. 에이어리는 겨우 정신을 차리고 자기가 검은색 천으로 사방을 두른 곳에 앉은 것을 확인했다.

– 이곳은 말씀을 듣는 장소입니다. 보통은 아무에게도 보여

주지 않지요.

－누구의 말씀 말입니까?

－물론 인간들에게 대장장이 신으로 잘못 불리는 분의 말씀입니다.

－그건.

조언자는 에이어리가 격분할 것을 미리 아는 사람처럼 싱긋 웃어 버렸다.

－대장장이 신의 대리인께서 화내는 것을 이해할 수 있습니다. 그러나 어째서 신의 대리인이 혼자라 생각하십니까? 신께서는 당신에게 손재주를 주셨습니다. 대신 저에게는 직접 말씀을 전해 주십니다.

위대한 조언자가 팔을 뻗어 에이어리의 손등을 토닥여 주었다. 에이어리는 반복되는 리듬에 취해 금방이라도 잠에 빠질 것 같았다.

－대장장이 신께서 당신과도 함께 하신다고요?

에이어리가 고개를 세차게 흔들어 졸음을 떨치며 물었다.

－그래요, 그분은 제게 직접 말씀하십니다.

－저는 대장장이 신의 목소리를 들은 적이 없어요. 처음 시험을 받은 때를 빼면.

－아, 그 목소리는 대장장이 신의 것이 아니에요. 그분도 우

리처럼 능력, 그래요, 능력을 받은 분 중 하나지요. 그분은 무 엇이든 볼 수 있는 능력을 얻었어요.

- 보는 것도 능력인가요?

- 그분은 정말 많은 것을 볼 수 있어요. 인간 세상의 누구도 그분만큼 여러 가지를 볼 수 없지요. 그분은 참 오랫동안 보고 계셨어요.

위대한 조언자는 그 일이 슬픈 일이라도 되는 것처럼 눈을 내리깔았다.

- 위대한 조언자님.

- 아녜시라고 부르면 돼요.

- 아녜시, 제가 온 이유는.

위대한 조언자가 손을 들어 에이어리의 말을 멈췄다.

- 이미 알고 있어요. 대장장이 신께서는 제게 질문을 듣기 전에 답할 수 있는 능력을 주셨어요. 단 한마디만 말할 테니 집중해서 들으세요. 당신은 여기 제국 수도에서 그 사람을 만 나게 될 거예요.

- 그렇다면 언제쯤?

- 그건 몰라요. 저는 미래를 보는 것이 아니라 한마디 말을 전달하는 도구에 불과하니까요.

두 사람이 다시 천의 바다를 뚫고 응접실로 나왔을 때 데스커드는 고급스러운 의자에 묻혀 반쯤 잡아먹히고 있었다. 가르젠은 그의 덩치를 담기에 작아 보이는 공간을 서성이며 얼른 다음 목적지로 출발할 기세였다.

　－가르젠, 우리는 아무 곳도 가지 않아요.

　가르젠의 커다란 어깨가 움츠러든 것처럼 보이자 에이어리는 눈의 착각이 분명하다고 생각했다.

위대한 조언자가 전하는 말이 듣는 사람에게 반드시

이익이 된다고 말할 수는 없다. 예를 들어 흉악한

강도가 받은 한마디는 그를 잡기 위해 파 놓은 함정의

아가리 속으로 머리를 들이밀어 파멸하게 만들 수도 있다.

위대한 조언자를 싫어하는 사람들은 이것을

신의 뜻이라는 편리한 변명으로 빗나간 예언에 대한

책임에서 벗어나려는 시도라고 비난한다.

위대한 조언자가 하는 말 자체가

교묘한 말장난에 불과하다는 것이다.

질문을 듣지 않아도 알고 대답하는 능력 역시

예전부터 전해지는 점쟁이들의 기술 중 하나로 취급된다.

그러나 반대편에 서 있는 사람들은

신의 선의라는 용어를 만들어 위대한 조언자를 옹호한다.

신의 선의란 선하게 살기 위해 노력하는 사람을 향한

신의 뜻 역시 선하다는 주장이다.

그러므로 자신이 양심을 따라 살아가려고 노력해 왔다면

위대한 조언자로부터 듣는 말을 따라도

언제나 좋은 결과를 기대할 수 있다는 것이다.

V

마음이 초조한 레푸스가 장례식을 치르다가

화를 참지 못하고 폭발한다

한때 스타인 전체를 다스렸던 무스텔라 왕의 병세는 겨울 동안 더 악화되었다. 정신을 차리지 못하는 바람에 레푸스의 아침 문안 인사를 받지 못하는 날도 자연스럽게 많아졌다. 겨울이 지나고 봄이 와서 이불 끝에 닿는 햇볕이 제법 따뜻해진 다음에도 왕의 몸에는 온기가 돌지 않았다. 사람들의 수군거림 속에는 한 사람의 종말에 대한 예고가 담겨 있었다.

무거운 마음으로 아버지를 찾아가는 레푸스 대공의 손에 들린 은쟁반에는 파르바주가 담긴 잔이 놓여 있었다. 붉게 출렁이는 감미로운 술은 은쟁반을 더욱 희어 보이게 했다.

아버지가 좋아하는 파르바 열매를 가지고 간다면 더 좋겠지만 아직은 열매 맺을 계절이 아니었다. 레푸스는 아버지가 직접 마시지 못하더라도 창가에 놓인 검붉은 음료를 보면서 입맛을 다시고 기운을 되찾기 바랐다.

레푸스가 방으로 들어갔을 때 왕을 모시는 하인은 잠깐 나가 있었고 사방은 이상하게 고요했다. 그는 햇빛이 뿌옇게 흐려진 것을 알았다. 공기에서는 괜한 비릿함이 느껴졌다.

레푸스는 침대 쪽으로 몇 걸음 더 다가간 다음 은쟁반을 떨어뜨렸다. 붉은 액체는 유리잔이 터질 때 피처럼 사방으로 솟구쳤다. 침대 아래의 소동과 대조적으로 무스텔라의 마지막은 잠든 것처럼 평화로웠다.

　- 아버지.

레푸스는 그 부름이 마지막이라는 것을 알았다. 자세히 보니 아버지의 눈은 완전히 감긴 것이 아니라 아래쪽으로 살짝 열려 있었다. 틈 사이로 스며 나오는 공허한 눈빛은 그가 이루지 못한 꿈을 좇는 것처럼 보였다.

당장 스타인의 다섯 공국에 사절이 파견되었다. 제국이나 다른 나라에 알리는 일을 미룬 것은 레푸스의 고집이었다. 살아 있을 때도 관심이 없던 자들에게 굳이 서둘러 알릴 필요가 없다는 것이었다.

장례 절차를 준비하는 것은 마르쿠스의 몫이었다. 그는 아버지 무스텔라의 가장 충실한 신하였고 지금은 아들 레푸스가 가장 의지하는 신하였다.

　- 맡은 일이 끝날 때까지는 슬퍼하지 않을 생각입니다.

레푸스는 마르쿠스가 어깨를 들썩이며 우는 모습을 상상할 수 없었다. 그러나 그의 강인함도 세월이 덮여 조금은 뿌옇게 보이는 것 같았다. 레푸스는 그마저 잃기 전에 나라를 되찾아야 한다는 것을 새삼 깨달았다.

장례는 대공의 아버지가 아니라 왕의 격에 맞는 것이어야 했다. 무작정 화려하게 할 수도 없지만 소박해서도 안 되었다. 레푸스는 장례를 준비하는 동안 방에 칩거하고 모습을 드러내지 않았다.

그가 슬픔을 술과 맞바꾸어 견디고 있다는 소문이 돌았다. 그러나 레푸스는 술을 입에 대지 않고 멀쩡한 정신으로 버티고 있었다. 소문을 좋아하는 것은 스타인 사람의 속성이라 어쩔 수 없었다.

─나는 이제 평생 파르바 열매로 만든 건 입에 대지 않을 생각이라네.

보고를 위해 마르쿠스가 들렀을 때 레푸스는 그렇게 말했다. 그의 품에는 아직 자기 힘으로 걷지 못하는 딸이 안겨 있었다. 그녀는 마르쿠스를 좋아해서 볼 때마다 만지려고 들었다. 레푸스는 마르쿠스를 좋아하는 것이 집안의 내력은 아닌지 의심했다.

─준비는 잘 진행되고 있습니다. 오레스테스 대공께서 가장 먼저 도착하실 예정입니다.

- 지하 창고에 남은 파르바주를 장례에 참여한 백성에게 전부 뿌려야겠어. 아버지도 좋아하실 거야. 이제 이 성안에 파르바주는 더 필요하지 않으니까.

마르쿠스가 가만히 고개를 끄덕였다.

- 그래서 쭉정이 오레스테스가 가장 먼저 도착한다고?

- 그렇습니다. 위치가 가장 가까우니 소식도 가장 먼저 듣고 출발했을 겁니다.

- 내 옆구리에 칼을 대고 있는 사촌이 먼저 온다니 마음에 드는군. 아크마트 대공도 직접 오려나?

- 그가 직접 오지 않고 사절을 보낸다고 해도 이상할 것은 없습니다. 그는 스타인 출신도 아니고 황제의 신하니까요. 그러나 담대하고 예의를 지킬 줄 안다는 평이 있으니 직접 나타날지도 모릅니다.

- 아버지의 장례식에서 그의 목을 치고 독립을 선포하면 안 되겠지?

- 플리니 대공이 오시면 만나서 이야기를 나누어 보십시오.

마르쿠스는 그렇게 대답을 피했다.

- 플리니는 학자답게 황당한 이야기를 했어. 대장장이 왕하고 마법사 왕의 동생이 우리를 도와서 독립을 이룬다니. 떠도

는 이야기꾼들도 그런 이야기로는 밥을 얻어먹기 어렵지.

 ─그러나 대장장이 왕은 제안을 거절하지 않으셨습니다. 오히려 본인이 직접 마법사 왕의 동생을 찾아 주겠다고 하셨지요. 그를 믿지 않으십니까?

 ─글쎄, 방금 성인이 된 애송이가 무엇을 할 수 있겠어?

 마르쿠스는 황제의 눈에 레푸스도 그렇게 보일 수 있음을 언급하지 않았다.

 레푸스는 사소한 일은 알아서 처리하라고 손을 내저었다. 그리고 나서 마르쿠스의 턱에 애벌레 같은 손가락을 내미는 딸을 고쳐 안았다. 마르쿠스는 장례가 시작된 이후 처음으로 웃음을 보였다.

 마르쿠스가 예고한 대로 오레스테스가 가장 먼저 도착했다. 그는 백 명 정도 되는 군대를 이끌고 왔다. 국경에서는 별문제 없이 통과시켜 준 모양이었으나 수도에서는 그렇지 않았다. 마르쿠스는 바쁜 와중에도 그를 만나 몇 명만 남기라고 설득해야 했다.

 ─마르쿠스, 언제나 충성스러운 신하로군. 그러나 내 안전을 생각해야 하지 않을까?

 ─이 나라에는 오레스테스 대공을 해치려는 사람이 없습니다.

─그래? 나는 최소한 한 명을 알고 있는데 말이야.

오레스테스가 거드름을 피우면서 말했다. 그가 말하는 사람을 만난다면 절대로 하지 못할 행동이었다. 다행히 그 사람은 지금 방에 갇혀서 딸과 시간을 보내고 있었다.

─걱정하시는 일은 일어나지 않을 겁니다. 대공은 아버지의 장례를 거룩하게 끝마치고 싶어 하십니다. 지금 대공은 슬픔에 잠겨 예전 같은 관대함을 보이기 어렵습니다. 갑자기 군대를 보시면 놀라서 뜻밖의 행동이 나올 수도 있습니다.

마르쿠스의 완곡한 설득보다 두려움이 더 큰 역할을 했는지 오레스테스는 병사들을 몇 명만 남기고 제 나라로 돌려보냈다.

두 번째로 도착한 것은 의외로 아크마트 대공이었다. 단출한 일행과 함께한 그는 듣던 대로 영웅처럼 당당해 보였다.

─정치적 목적이 아니라 슬픔을 나누기 위해 왔소.

마르쿠스는 그를 보고 제국이 참으로 영리하다는 것을 깨달았다. 권력을 탐하는 쓰레기를 보냈다면 반제국 정서가 강해질 수 있었다. 그러나 아크마트는 훌륭한 인물이라 누구도 감탄하지 않을 수 없었다.

세 번째로 나타난 사람은 르네 대공이었다. 그는 역사로 따지자면 왕가보다 전통이 깊은 핏줄을 지니고 태어났다. 옛 왕국의 권력자는 새 나라가 열리고 나서 오히려 신분이 높아졌다. 그것이 제국의 배려인지 그의 공작인지 확실히 말할 수 있는 사람은 없었다.

그에게 한 가지 단점이 있다면 듬성듬성 난 수염이 위엄을 해친다는 것이었다. 입술 양 끝 위에 몇 가닥 뻗은 수염은 인상을 야비하고 가볍게 보이게 했다. 차라리 미는 쪽이 낫겠지만 감히 그런 충고를 하는 사람이 없었다.

─그분은 훌륭한 왕이었습니다. 마지막 왕다운 모습을 보여 주셨지요.

아예 처음부터 상복인 흰옷을 입고 온 르네는 마르쿠스에게 그렇게 말했다. 딴에는 정중하고 예의도 갖춘 것이지만 마르쿠스는 마음이 언짢았다. 마지막 왕이라는 말은 아직 신하의 귀가 감당하기에 너무 크고 둔탁했다.

플리니 대공과 피가두 대공은 거의 동시에 도착했다. 둘은 굳이 따지면 레푸스의 아군으로 분류되는 사람들이었다. 한 명은 그의 서기관 출신으로 남몰래 계책을 짜 주었다. 다른 한 명은 레푸스의 장인으로 사위가 출세하는 것을 마다할 이유가 없었다.

피가두 대공은 대충 조의를 표하고 손녀를 보기 위해 서둘렀다. 소식만 들었지 직접 보는 것은 처음이라 이해할 만했다.

딸을 빼앗긴 레푸스가 신경질을 부릴지도 모른다는 점을 빼면 큰 문제는 없었다.

그렇게 대공들이 모두 도착했을 즈음 관을 짜는 일도 끝이 났다. 무스텔라가 오래 몸이 좋지 않았지만 살아 있는 동안 관을 미리 만드는 일은 스타인의 풍습에 어긋나는 일이었다. 모두가 그것을 불길하게 받아들였다.

– 대장장이 왕에게 만들어 달라고 하면 좋을 뻔했어.

준비를 끝내고 보고하러 갔을 때 망연히 앉아 있던 레푸스가 불쑥 그렇게 말했다. 그는 마르쿠스의 얼굴이 굳는 것도 모르고 말을 이었다.

– 대장장이 왕이라면 세상에서 가장 호화로운 관을 만들 수 있었을 텐데. 황제의 주검도 누리지 못하는 호사스러움을 누리시게 해 드렸을 텐데.

– 행여 대장장이 왕에게 그런 부탁을 하시면 안 됩니다. 그는 신의 대리인입니다. 아랫사람을 다루듯 대하시다가 그의 화를 사시면 곤란합니다.

– 그냥 농담해 본 거야, 마르쿠스. 나는 대장장이 왕의 능력을 실제로 본 적이 없으니 잘 모르겠어. 정말 그 애송이가 그런 힘을 지닌 걸까? 제 스승처럼 만 명을 죽일 수 있겠느냐는 말이야.

마르쿠스는 주인의 운명을 덮는 불길한 검은 구름을 느꼈다. 이번이 두 번째였다. 레푸스가 슈타이어의 세 용사를 시험할 때 찾아왔던 감각이 생생히 살아났다. 그때는 마르쿠스가 레푸스의 뜻을 어겨 가면서 간신히 수습했었다.

그날 저녁에 무스텔라 스타인이 잠든 관이 처음으로 공개되었다. 윗면에는 잠들어 있는 늙은 용사의 모습을 돋을새김해 놓았다. 옆면에는 왕가의 상징인 나무와 풀이 요란하게 어우러져 공간을 남기지 않았다.

먼저 레푸스와 그의 아내인 피가두 대공비가 헌화했다. 흰 꽃은 파르바 나무에서 나온 것으로 예년보다 따뜻한 봄날에 일찍 고개를 내민 것들이었다. 마치 무스텔라 왕의 마지막을 미리 알고 서둘러 준비한 것 같았다. 붉디붉은 열매를 내는 주제에 꽃은 다른 색을 허용하지 않을 만큼 새하앴다.

레푸스는 이제 파르바가 지긋지긋했지만 관습을 따랐다.

다음에는 한때 스타인 왕국이라고 불렸던 땅을 찢어서 소유한 다섯 대공의 차례였다. 이어서 무스텔라 왕의 신하였던 사람들이 슬픔을 표현할 예정이었다. 그러고 나면 마지막으로 유력자들에게도 차례가 돌아가게 되어 있었다.

멀리서 흰 상복을 입고 무리를 이루고 있는 일반 사람들에게는 왕과 작별 인사를 나눌 기회가 없었다. 그들의 슬픔이 작아서가 아니라 신분이 작은 탓이었다. 그러나 그것을 억울하다고 생각하는 이는 거의 없었다.

레푸스는 대공 중에서도 먼저 나선 아크마트 대공의 모습을 보고 감탄했다. 그는 정말로 영웅다운 육체와 품격을 지니고 있었다. 독립을 위해서 그와 대적해야 한다는 사실이 마뜩잖았다.

다른 대공들이 모두 헌화를 마치자 오레스테스의 차례가 돌아왔다. 그는 황제에게 충성을 맹세하는 대가로 대공이 되었다는 소문이 있었다. 하필 영지가 레푸스 공국 바로 옆인 것도 불온한 움직임을 견제하기 위함이라고 했다. 그래서 그런지 오레스테스의 얼굴에는 아크마트만큼의 슬픔도 없어 보였다.

입을 다물고 조용히 꽃을 바치는 것은 오레스테스에게 어울리지 않았다. 그는 주변에 모인 대공들과 귀족들과 군중을 보고 극적인 행동을 하기에 얼마나 적절한지 깨달았다. 그래서 과감히 흰 꽃을 하늘로 들며 외쳤다.

―스타인의 마지막 왕에게 경배를.

그가 기대했던 것은 같은 말을 반복하는 사람들이었을 것이다. 그러나 분위기는 순식간에 차가워졌다. 제국의 신하라고 할 수 있는 아크마트조차 눈썹을 찌푸렸다.

꽃은 맥없이 떨어져 관 위로 올라섰다. 하필이면 칼을 품에 안고 잠들어 있는 영웅의 얼굴에 닿았다.

피가두 대공비는 옆에서 부들부들 떠는 남편을 느낄 수 있었다. 그녀는 당황하지 않고 냉정하게 손을 뻗어 레푸스의 손목을 잡아 만류했다. 그러나 이미 늦어 레푸스의 몸은 앞으로 두어 걸음 나가 있었다. 모두가 레푸스의 돌발적인 행동에 시선을 집중했다.

–사촌.

오레스테스가 슬픔에 찬 표정과 가식을 담아 그렇게 불렀다. 그는 자신의 연기에 심취해서 아직 상황의 변화를 눈치채지 못했다. 레푸스가 자신에게 다가서는 이유도 극적인 포옹 같은 것을 위함이라 생각했다.

레푸스는 흰 상복 위로 뱃살이 출렁거리는 것도 신경 쓰지 않고 다가섰다. 그리고 팔을 높이 들어 사태를 깨달은 사촌이 미처 피할 틈도 없이 휘둘렀다.

쩍, 하고 피부가 갈라지는 듯한 소리가 났다. 오레스테스는 레푸스에 비해 호리호리한 편이라 견디지 못하고 쓰러졌다. 레푸스는 공격을 멈추려고 하지 않았다. 슈타이어의 세 용사, 플리니의 부하들이 말리지 않았더라면 쓰러진 사람을 발로 밟았을 것이다.

- 네가 감히 마지막 왕을 입에 담아? 그러면 스타인이 망했다는 말이냐?

레푸스는 목소리가 떨리는 것을 몸의 진동으로 느꼈다. 두려움이 아니라 분노로 인한 것이지만 남들이 오해할까 걱정되었다.

마르쿠스가 그의 곁으로 다가와서 말했다.

- 거기까지만 하셔도 충분합니다. 저쪽을 보십시오.

흥분이 막아 놓은 귀가 그 광경을 보고서야 뚫렸다. 날카로운 소리가 들어와 귓구멍을 찔러 댔다. 멀리 서 있는 군중이 환호성을 지르고 있었다. 그들에게도 오레스테스는 배신자 취급을 받았다.

그 자리에는 오레스테스의 어머니와 누나와 여동생, 몇 명의 경호원도 함께 있었다. 그들은 오레스테스에게 다가가 그를 일으켰지만 그 이상의 행동은 하지 못했다. 레푸스의 분노, 마르쿠스와 슈타이어의 세 용사가 가진 무기가 있었다. 거기다 군중의 함성까지 더하자면 조금 전에 뺨을 맞은 사람처럼 섣불리 나서지 않는 것이 좋았다.

레푸스는 마르쿠스를 흘깃 본 다음 소리쳤다. 군중은 그 말을 듣기 위해 귀신처럼 조용해졌다.

- 오레스테스, 나는 이제 너와 땅을 맞대고 살 수 없다. 나

는 너에게 전쟁을 선포한다. 나는 네 더러운 육신을 스타인 땅에서 몰아낼 때까지 싸울 것이다.

레푸스는 모두가 들을 수 있도록 소리를 질렀다. 듣는 사람들은 모두 그 소리를 놓치면 안 되는 것처럼 침묵을 지켰다.

─나는.

그 목소리는 아까보다 작아졌지만 멀리 있는 사람에게까지 또렷하게 들렸다.

─나는 아버지의 유언대로 왕이 되겠다.

함성이 다시 휘몰아쳤다. 사람들은 세찬 바람을 만난 것처럼 몸이 휘청이는 것을 느꼈다. 그 혼란의 와중에 레푸스는 손을 들어 명령했다.

─아크마트 대공을 체포하라. 그만 없다면 아크마트 공국은 비어 있는 것이나 마찬가지야.

명령을 들은 사람 모두가 대공의 자리를 보았을 때 의자는 비어 있었다. 아크마트 대공은 처음부터 참석한 적이 없는 것처럼 사라졌다.

─그를 찾아내서 내게 끌고 와라.

병사들이 결의에 차서 사방으로 흩어졌다. 아크마트의 장대한 체격은 몸을 숨기기에 좋지 못할 성싶었다. 게다가 그는 피부색도 다른 이들과 달랐다.

그사이 일격을 맞아 쓰러졌던 오레스테스가 비척거리며 일어섰다. 그의 입술에는 피가 묻어 있었다.

－넌 지금 네가 무슨 짓을 저질렀는지 몰라.

오레스테스가 일부러 레푸스를 화나게 할 요량으로 이죽거렸다.

－아니, 잘 알고 있다. 스타인에서 쭉정이들을 몰아내려는 거다.

오레스테스는 무언가 말하려다 바닥에 피가 섞인 침을 뱉었다. 장례식에서 허용하지 않는 불경스러운 행동이라 놀라는 소리가 들렸다.

－그래, 자기 주제도 모르고 말이지. 황제가 널 용서하지 않고 제국 정예군을 보낼 거다. 네 배를 갈라 불을 붙이면 삼 일 밤낮 쉬지 않고 타면서 역겨운 냄새를 풍기겠지.

－용감해졌구나, 오레스테스. 그 혀를 높이 사서 오늘은 목을 치지 않고 집에 보내 주겠다. 대신 다음에 만나는 날엔 널 죽일 거다.

오레스테스는 하얗게 질린 얼굴로 무언가 더 대답하려다가 그만두었다. 그는 레푸스가 미쳤다고 생각했다. 그를 건드리지 말고 기회를 잡아 집에 돌아가는 쪽이 지혜롭다고 여겼다.

오레스테스와 가족은 패배자처럼 황급히 장례식에서 사라

졌다. 잠시 후 병사들이 돌아와서 소식을 전했다. 아크마트 대공에 관한 것이었다.

그는 처음부터 그런 일이 벌어질 것을 예상했던 사람처럼 탈출 과정을 준비해 두고 있었다. 레푸스가 오레스테스의 뺨을 때린 것을 신호로 소란 중에 사라졌다. 누구도 그와 부하들이 사라진 길을 찾지 못했고 막은 이도 없었다. 지금쯤 그는 벌써 포위망이 닿지 않는 곳까지 달려갔을 것이다.

소란이 진정되고 나서도 더 이상 엄숙한 분위기가 차오르지 않아서 모두가 민망한 심정이었다. 레푸스는 아직도 자신의 이름을 부르고 있는 군중을 보더니 하인 하나를 불렀다. 그가 속삭이며 묻자 하인은 한참 고민하더니 고개를 끄덕였다.

─좋아, 충분하단 말이지.

레푸스는 손을 들어 웅성거림을 멈추게 했다. 그리고 목청껏 외쳤다.

─아버지가, 무스텔라 스타인이 진정으로 여러분의 왕이었다면 모두가 헌화할 자격이 있소. 원하는 자는 신분이 높고 낮음을 막론하고 파르바 꽃을 바칠 수 있을 것이오. 백성이 바친 파르바 꽃을 산더미처럼 쌓아 아버지의 관이 보이지 않도록 덮을 것이오.

레푸스가 원했던 것처럼 말이 끝나기 무섭게 함성이 장례식장을 휘감았다. 군중은 갑자기 달려드는 게 아니라 질서정연하게 앞으로 나아왔다. 레푸스는 그들을 보며 마치 자신이 조련한 군대를 보듯 흐뭇해했다.

햇살이 가늘어질 무렵 시작한 장례식은 모여든 사람들이 모두 꽃을 던지느라 밤이 찾아와도 끝나지 않았다. 어둠을 밝히기 위해 커다란 횃불을 가져다 대낮처럼 불을 밝혔다. 흰 꽃은 이제 주홍빛으로 보였지만 누구도 상관하지 않았다. 꽃 속에 덮인 관의 주인은 작은 불꽃 속에 파묻힌 것처럼 보였다.

새벽녘이 되어 꽃이 동난 다음에야 모든 과정이 끝났다. 아침에는 꽃 더미에서 새로 태어난 듯한 관을 꺼내 묘지까지 운반했다. 아직도 떠나지 않고 남아 있던 사람들의 긴 행렬이 이어졌다. 나이 든 사람들은 구슬프게 느껴지는 곡소리를 냈고 그런 전통을 모르는 사람들은 그저 침울한 얼굴을 가면처럼 쓰고 뒤를 따랐다.

◆

첫 황제가 자신과 함께 싸운 동지들에게

땅을 배분할 때 내심 자기 곁에서 가장 맹렬하게 싸운

스타인에게는 좋은 땅을 주려고 했다.

그러나 먼저 선택할 권리를 얻은 스타인은 망설임 없이

서쪽 구석 땅을 골랐는데 그 땅의 절반은 그리

나쁘지 않으나 나머지 절반은 칼날 같은 산 아래

괴물들로 채워져 있어 사람이 정착하기도 어려웠다.

– 어째서 그런 땅을 가지고 싶다는 말인가?

황제가 실망해서 물었다.

– 저 산 너머 미지의 땅에서 군대를 일으켜 우리를

침략한다면 마땅히 남쪽으로 송곳처럼 뻗은 산을 기점으로

쐐기와 같이 쳐들어올 것입니다. 그 땅은 병의 주둥이와

같은 곳이니 저와 후손들이 대대로 지키려고 합니다.

그 대답은 첫 황제의 마음에 들었다고 기록되어 있다.

그러나 스타인의 마지막 왕 무스텔라 때까지

서부 산악 지대를 통한 침략은

단 한 번도 일어나지 않았다.

◆

VI

수다스러운 마법 덩어리 알이
일생의 모험을 토로한다

사람은 태어나는 순간을 기억하지 못한다. 내 주인인 라토도 위대한 마법사이지만 마찬가지였다. 어머니의 배 속에서 갑자기 그에게 의식이 생겨났다. 그는 곧바로 힘을 얻기 위해 몸부림쳤다.

아마 이런 이야기는 믿기 어려울 것이다. 아기가 의식을 얻자마자 배고픔도 아니고 고독도 아니고 힘의 부재를 느끼다니. 그러나 아기는 한번 팔을 휘저어 본 다음 우리를 느끼고 나서야 안심했다.

우리는 모두 셋이었다. 우리는 라토와 아리셀리스와 거의 동시에 생성되고 주인이 될 둘보다 오히려 먼저 의식이 생겼다. 그다음부터 나는 아무것도 잊지 않았다.

우리는 어미 새가 한 둥지에 낳은 새알처럼 가까이에 붙어 있었다. 그래서 서로를 부를 일이 거의 없었지만 이름을 짓기로 했다. 이름을 지어야 우리가 서로 독립적인 존재가 될 수 있었다.

　- 나는 알이 되겠어.

　- 그러면 나는 툰이야.

　- 나를 세라고 불러 줘.

그렇게 해서 우리 셋의 이름이 정해졌고 내 이름은 알이었다. 우리는 할 일이 없어서 서로 누가 더 밝은지 대결하며 시간을 보냈다. 다른 사람이 우리를 보았다면 그저 빛나는 노란 공과 같다고 말했을 것이다. 가끔 우리의 빛은 사람들을 감탄하게 했다.

　- 당신의 배 속에서 찬란한 빛이 새어 나오는군. 태어날 아이는 위대한 마법사가 되겠어.

기대에 찬 남자의 목소리였다.

　- 너무 찬란한 빛은 똑바로 바라볼 수 없는 인간에게는 해로워요. 이 아이가 장차 어떤 사람이 되려는지 두렵지 않나요?

라토와 아리셀리스의 어머니는 그렇게 지혜로운 사람이었다. 그녀의 배 속에서 우리는 두 왕자와 함께 포근한 시간을 보낼 수 있었다.

왕자들은 우리가 뿜어내는 빛을 쐬며 하루가 다르게 강해졌다. 우리는 그 아이들이 어떤 마법사보다도 위대해질 것을 알았다. 둘은 가끔 자리를 두고 싸우기도 했는데 그때마다 우리가 말려야 했다. 그들은 보통 아기가 아니라서 산모가 위험해질 수 있었다.

아기들이 6개월에서 7개월 정도 자랐을 때 툰이 심각하게 몸을 흔들며 말했다.

- 우리는 이제 선택해야 돼.

나도 덩달아 몸을 흔들며 물었다.

- 뭘 말이야?

- 누구의 몸에 들어가야 할까?

- 하필이면 우리가 홀수니까 한 사람에게는 둘이 들어가겠군. 하나만 들어가는 쪽이 외롭겠어.

세는 몸을 흔들지 않고 침착했다.

- 그건 아니야.

툰이 반대했다.

- 우리 셋 모두 같은 사람에게 들어가야 돼. 우리가 하나로 있어야 힘이 극대화된다고. 그래야 우리가 태어난 목적을 달성할 수 있어. 우리가 분리되어서는 아무것도 할 수 없어.

툰의 말을 다 듣고 나서 나에게는 의문이 연속해서 떠올랐다.

- 그런데 우리는 왜 왕비의 배 속에서 태어난 거지? 우리는

어디에서 온 거야? 누가 우리를 만들었지?

─그런 질문은 대답할 수 없는 것들이야.

둘의 대답은 나를 슬프게 했다.

─생각해 보니 툰의 말이 옳아. 우리가 한 몸에 들어가야 만들어진 목적을 이룰 수 있어.

세가 말했다.

─하필이면 쌍둥이라서 선택해야겠네.

툰은 고민했다. 그의 몸이 어지럽게 흔들리는 것을 보면 알 수 있었다.

─먼저 태어나는 쪽인가, 나중에 태어나는 쪽인가의 문제겠군.

내가 말했다.

─마법사들은 먼저 태어나는 녀석을 형으로 삼아. 안쪽 동생에게 들어가는 쪽이 좋을 거야. 동생이 형을 이어야 우리의 임무를 더 쉽게 이룰 수 있거든.

세의 말에 툰과 내가 동의했다. 그렇게 해서 우리는 그때부터 서서히 동생 쪽에 흡수되었다.

─일단 그 몸에 들어가고 나면 빛이 더 새어 나가지 않도록 몸을 단단히 감싸. 자연스럽게 그의 몸속에 자리를 잡으면 돼.

툰이 마지막으로 당부하더니 길쭉하게 변해 아기의 몸으로 들어갔다. 그다음에는 세 차례였다. 둘은 순식간에 모습이 사라져 다시 보이지 않았다.

나는 잠시 고민했다. 둘과 더 만나지 않게 되더라도 서운할 것 같지 않았다. 하나 정도는 형에게 들어가도 되지 않을까? 그러나 나는 우유부단했고 툰과 세의 결정에 반항할 자신이 없었다.

우리가 세상을 보게 되는 날은 결과적으로 슬픈 날이 되었다. 두 왕자의 어머니는 난산을 견디지 못했고 왕자들은 수술을 통해 세상에 나왔다.

– 쌍둥이 왕자님들이에요.

그렇게 외치는 소리가 들렸다. 산파는 안쪽에 있는 아기를 형으로 취급해 발목에 붉은 줄을 감아서 표시했다. 그녀는 마법사 왕국 사람이 아니라 제국 출신이었다. 그래서 안쪽에 있는 아기를 형으로 여겼다.

– 이런, 왕비는 훌륭한 분이었는데 안타깝게 되었어.

– 그리고 형과 동생이 바뀌었어.

우리는 선택을 되돌릴 수 없다는 것을 알았다. 최선을 다해 결정했는데 원하는 결과가 나오지 않았다면 이미 손을 떠난 일이다. 물론 우리는 손이 없으니 어디까지나 인간을 위한 비유이다. 어쨌든 그다음 일은 신, 세상, 운명, 우연, 뭐라고 부르든 우리 위에 있다.

우리가 들어간 왕자, 동생이었다가 형이 된 이는 라토라는 이름을 받았다. 반대로 형이 되지 못하고 동생이 된 이는 아리셀리스가 되었다.

─동생이 위대한 일을 이루게 될 거야.

─그런데 우리가 들어간 쪽은 형이라 먼저 왕이 되게 생겼어.

툰과 세의 목소리는 겁에 질린 것처럼 들렸다.

─그러면 우리가 들어가지 않은 쪽이 그다음에 왕이 될 거야.

─그가 우리 없이 어떻게 위대한 일을 이룰 수 있지?

나는 둘이 떠드는 것에 침묵으로 대응했다. 우리가 함께 대화할 수 있는 것은 라토가 태어나고 겨우 몇 개월 정도였다. 그다음 우리는 라토의 몸에 깊숙이 흡수되었고 라토의 의식이 성장하면서 그의 힘에 눌려 대화를 나눌 수 없게 되었다.

하지만 보고 들을 수는 있었다. 그래서 쌍둥이 왕자가 자라는 모습을 흐뭇하게 볼 수 있었다. 함께 태어났지만 우리는 그들의 보호자 같은 느낌이었다.

두 왕자와 같이 노는 여자아이가 하나 있었다. 언제나 붉은 옷을 입고 나타나서 그런지 왕자들은 그 아이를 루비라고 불렀다. 루비는 왕자들과 키가 거의 비슷했다. 머리카락도 이름처럼 붉었는데 석양이 질 때면 마치 타오르는 것처럼 보였다.

왕자들은 일곱 살 무렵부터 슬슬 훈련을 받기 시작했다. 그들의 검은 머리는 조금씩 빛깔을 잃고 하얗게 변했다. 인간에게 흰머리는 늙음의 상징이다. 일곱 살짜리 아이들의 머리가 새하얀 것은 그리 보기 좋지 않았다.

─왕자님들은 일곱 살인데 머리카락은 벌써 빛깔을 다 잃었어요. 우리 애는 열세 살인데 아직도 절반 정도는 붉은 머리고요.

어느 날 왕궁에 온 루비의 어머니가 하소연하는 것이 들렸다. 왕자들의 친구인 루비가 아니라 그녀의 언니에 대한 이야기였다. 루비도 왕자들과 비슷한 시기에 머리가 하얗게 변했다. 물론 몇 가닥은 여전히 붉게 남아 있어서 우리 눈에 매우 아름답게 보였다.

루비는 이제 성 대신 카르멘이라는 이름으로 불렸다.

처음 그녀를 카르멘이라고 부를 때 두 왕자의 얼굴이 발그레하게 변했다. 쑥스러움과 설렘이 담긴 반응이었다. 두 왕자는 카르멘에게 호감을 느끼고 있었다. 그녀가 여자라서 그런 것만은 아니었고 여러 감정이 뒤섞여 있었다.

그래도 두 왕자는 카르멘과 적절한 거리를 유지했다. 그들은 셋이 완벽한 삼각형을 이루고 있다고 생각했다. 꼭짓점 하나가 다른 쪽에 가깝게 붙으면 모양이 찌그러진다. 그들은 균형을 깨고 싶지 않은 모양이었다.

그런데 루비 카르멘과 거리를 유지하는 게 전부는 아니었다. 나는 형제가 점점 서로를 밀어내는 것을 느꼈다.

이유는 크게 두 가지를 꼽을 수 있었다. 사람도 아닌데 손꼽아 가며 이유를 대는 것이 내키지는 않는다. 이것도 역시 비유일 뿐이고 나는 당연히 손 같은 것은 없다. 어쨌든 큰 이유는 두 가지가 있었다.

첫째는 그들의 능력이 지나치게 빨리 성장한다는 점이었다. 마법사 왕국에서는 언제나 가장 강한 힘을 가진 사람이 왕이 되었다. 왕의 아들이 다시 왕이 되는 것은 좋아하지 않았다. 언젠가 나머지 가문을 무너뜨리고 독재자가 될까 두려워서였다.

그런데 에메랄드 가문의 두 왕자는 지나치게 강했다. 나는 이해할 수 없어서 툰과 세와 상의하고 싶었다. 라토 왕자가 강해지는 것은 이해할 수 있었다. 나와 툰과 세가 그의 몸속에 깃들어 있었으니까.

아리셸리스가, 형이 되려다 동생이 된 자가 강한 이유는 설명할 수 없었다. 아무리 어머니의 배 속에서 우리의 기운을 받았다고 해도 그럴 수는 없었다.

둘은 열 살 정도가 되었을 때부터 서로에 대한 경쟁심을 완전히 숨기지 못했다.

－우리 돌멩이 버티기를 누가 더 오래 하나 대결해 보는 거야.

－지는 사람은 저녁을 굶을까?

－그 정도로 되겠어? 내일도 굶는 걸로 하자.

－좋아.

둘은 외모가 거의 같았고 당시에는 목소리도 비슷했다. 그래서 맥락을 놓치면 누가 라토이고 누가 아리셀리스인지 알 수 없었다. 나중에 변성기를 지나면서 라토는 중후한 목소리를 얻었다. 아리셀리스는 여전히 소년처럼 여린 목소리였다.

왕자들은 일단 개울가에서 크기가 비슷한 돌멩이 두 개를 구했다. 무게가 무거울수록 버티기가 힘들었다. 하지만 무게가 완전히 같은 돌멩이는 찾기 어려웠다. 그래서 자기들 딴에는 지혜로운 방법을 생각해 냈다.

한 사람이 먼저 돌멩이 두 개를 고른다. 두 번째 사람이 그중 원하는 돌멩이를 고른다. 그렇게 하면 둘 다 불만 없이 꽤 공평하게 선택할 수 있다. 두 왕자는 나중에 지혜서에 비슷한 내용이 나오는 것을 배우면서 깜짝 놀라 서로를 쳐다보았다.

아무튼 왕자들은 햇빛을 받아 일렁거리는 물을 보면서 각자 다리를 꼬고 앉았다. 그러고 나서 동시에 돌멩이를 노려보니 돌멩이는 그들의 눈높이까지 떠올랐다. 돌멩이는 그 자리에서 부들부들 떨며 그대로 떠 있었다.

거의 한 시간은 그렇게 있었을 것이다. 돌멩이는 이제 금방이라도 튕겨 나갈 것처럼 떨렸고 두 왕자도 마찬가지였다. 라토가 노려보던 돌멩이는 슬슬 균형을 잃고 떨어지려고 했다. 아리셸리스 쪽은 그보다 여유가 있었다.

─이 바보들아.

날카로운 목소리와 함께 개울의 물이 넘치듯 떠올라 둘을 덮쳤다. 둘 다 몸을 피하느라 집중력을 유지하지 못했다.

─뭐 하는 거야?

두 왕자를 그렇게 나무랄 수 있는 것은 카르멘뿐이었다. 그들의 아버지조차 그렇게 하지 않았다.

─우리 중 누가 더 강한 힘을 가지고 있는지 확인하고 있었어.

라토가 대답했다. 그렇게 라토가 말할 때마다 목소리가 내 몸을 타고 흐르는 것 같았다. 몸이 진동하는 느낌이 들었는데 썩 나쁘지 않았다.

─그걸 알아서 어디에 쓰려고?

－그거야 간단하지. 이긴 사람이 왕이 되는 거야.

아리셀리스가 라토를 보며 대답했다.

－왕이 되면 뭐 할 건데?

－몰라, 하지만 왕이 되는 건 의미가 있어.

－의미가 있지.

라토도 쉽게 인정했다. 두 형제는 마주 보고 만약 방해받지 않았으면 누가 이겼을까 입씨름을 벌였다.

그때는 행복했던 시절이었다. 경쟁심과 우애가 함께 자라나고 있었다. 여느 형제에게서도 볼 수 있는 평범한 일이었다.

두 가지 이유를 설명하겠다고 했으니 이제 두 번째 이유를 말해야겠다. 두 번째는 슬프고 끔찍하고 파국적이었다. 형제의 관계를 완전히 박살 내 버렸다.

마법사 왕국에는 예언자들이 있다. 그들은 본래 마법사가 아니다. 어째서인지 모두가 예언을 귀담아들으면서도 그들을 미워한다. 그래서 그들은 박해를 피해 마법사 왕국에 몸을 의탁했다.

라토는 예언자들을 싫어해서 찾아간 적이 없었다. 그래서 나는 그들의 의식을 직접 보지는 못했다. 들리는 말로는 옷을 완전히 벗고 몸에 기름칠한 다음 사방에 불을 환히 밝혀 번들거리는 몸으로 예언한단다.

아무튼 그 예언이란 것이 문제가 되었다. 형이 왕위를 이은 다음에 동생이 형을 죽이고 왕이 된다는 내용이었다. 뭐, 해석하기에 따라서는 형이 죽어서 동생이 왕이 된다고 설명해도 되었다. 그런데 에메랄드 가문 사람들은 첫 번째 해석에 집착했다.

에메랄드 가문 역사상 가장 강력한 왕이 나올 상황이었다. 그런데 동생이 형을 죽이면 모든 것이 끝이었다. 동생도 형만큼 강하다지만 나머지 다섯 가문을 적으로 돌릴 것이다. 암투에 능한 마법사들은 의외로 그런 일탈을 허용하지 않았다.

예언자들의 예언은 특이하게도 완전히 결정된 것이 아니라 피할 수 있다고 여겨졌다. 그래서 에메랄드 가문은 간단한 해결책을 생각했다. 동생 아리셀리스를 따돌리고 견제하는 것이었다.

그런 예언이 처음 나왔을 때 아리셀리스는 열세 살이었다. 라토가 왕위에 오르게 되는 것은 성년이 된 스무 살에 이르러서였다. 마법사들은 일반 사람보다 4년 더 늦게 어른이 된다. 예언에 관한 소문은 서서히 퍼져 나갔고 아리셀리스가 어른이 될 때쯤에는 본인을 빼고 공공연한 비밀이 되었다.

나는 라토의 몸 안에 있었으니 그로 인해 라토가 겪은 고통을 대충 알고 있다. 그는 동생을 사랑했고 그런 일이 일어나지 않을 것을 알았다. 설령 일어난다고 해도 기꺼이 왕위를 양보할 수 있었다. 그러나 정치가 얼마나 인간성을 억압하는지 내가 따로 설명할 필요도 없다.

아무튼 그렇게 세 사람의 관계는 끝이 났다. 루비 카르멘도 가문의 명령에 따라 아리셀리스와 어울리지 않았다. 그와 친하게 지내다가는 반역죄를 뒤집어쓸 수도 있었다.

우울하게 살던 아리셀리스는 형에게 비밀 임무 하나를 받았다. 대장장이 왕 후보의 목숨을 지키는 것이었다.

그는 떠났고 다시 돌아오지 않았다. 나는 툰과 세와 함께 계속 라토의 몸을 지켰다. 가끔 나라도 아리셀리스의 몸에 들어갔다면 어땠을까 생각해 보기도 했다.

차라리 그렇게 모든 것이 정리되었다면 좋았을 것이다. 라토는 황제와 여러 왕이 모인 자리에서 침상에 누운 대장장이 왕을 만났다. 그는 부상을 입고 쇠약한 모습이었고 라토는 마음이 아팠다.

그래서 그는 어린 대장장이 왕에게 보호 주문을 걸어 주었다. 그의 손에서 빛이 나와 대장장이 왕 에이어리에게 옮겨졌다. 아니, 그게 끝이 아니다. 나도 그 손을 따라 에이어리의 몸으로 빨려 들어갔다.

뿌리치려고 해도 보호 주문이 내 몸을 감싸고 놓아 주지 않왔다. 나는 깨달았다. 보호 주문은 에이어리를 보호하기 위한 것이 아니다. 나를 가두기 위한 감옥이다.

나는 믿을 수 없어서 라토의 얼굴을 바라보았다. 그는 정신이 혼란스러운 것처럼 굴고 있었다. 그러나 평생 그의 몸에서 함께 살았으니 나는 속지 않는다. 이 영악한 거짓말쟁이 왕은 모두의 앞에서 병자를 연기하고 있었다.

그러니까 라토는 나, 알을 일부러 끄집어내 대장장이 왕의 몸에 넣었던 것이다. 그는 우리 셋이 자신의 몸에 있는 것을 알고 있었다. 단 한 번도 우리를 쓰다듬거나 해서 내색한 적이 없었지만 다 알았다. 그리고 나를 자기 몸에서 쫓아낸 것이다.

대장장이 왕의 몸은 대장장이 신의 기운이 넘쳐난다. 나는 조금 다른 종류의 기운이다. 대장장이 왕의 연약한 몸이 충돌을 감당할 수 있을까 걱정되었다.

그런데 어찌 된 일인지 나는 아무런 충격도 없이 그 몸에 자리 잡았다. 아무래도 보호 주문에는 에이어리와 나를 분리하려는 목적도 담긴 모양이었다.

그래서 나는 대장장이 왕의 일부가 되었다. 그가 자라나는 모습을 몸속에서 모두 지켜보았다. 이 소년은 라토의 어린 시절과 비슷하면서 또 다른 부분이 있었다. 많은 짐을 지어야 하는 라토보다는 훨씬 유쾌한 환경에서 자라났다.

그는 배우고 수련하고 마침내 진정한 대장장이 왕이 되었다. 나는 그의 여정과 언제나 함께했다. 한 번 고비가 있기는 했다. 에이어리가 용 크릉흥다르흐의 영역에 들어갈 때였다.

크릉흥다르흐는 나 같은 마법과 힘의 덩어리가 들어오지 못하게 해 두었다. 그래서 에이어리는 별생각 없이 들어갔지만 나는 작은 충격을 느꼈다. 몸에서 불똥이 튀는 소리가 나는 것 같았다. 금방이라도 가장자리에 불이 붙어 내가 커다란 폭탄처럼 폭발할 것 같았다.

다행히 그런 일은 일어나지 않았다. 크릉흥다르흐가 대화하는 내내 나를 보는 느낌이 들었지만 상관없었다. 그 생선처럼 퍼런 용은 분명히 내 존재를 알면서도 묵인해 주었다.

오늘 아침 에이어리가 탄 마차가 폭발했을 때 나는 깜짝 놀랐다. 처음에는 내 몸이 터지는 소리인 줄 알았다. 나는 얼굴도 없고 손과 팔과 다리도 없는 순수한 마법 덩어리이다. 그러니까 굳이 말하자면 커다란 폭탄이 될 수도 있다.

다행히 에이어리는 거기서도 살아남았다. 심하게 다치지도 않았다. 하지만 내가 한고비를 넘겼다고 안심할 때 까마귀 발톱이 다가왔다. 그는 에이어리의 뽀얗고 연약한 목에 화살을 박아 넣었다.

나는 으악, 하고 소리를 지를 뻔했다. 지난 9년 동안 나를 감싸고 있던 주문이 보자기처럼 스르르 풀렸다. 순식간에 벌어진 일이라 나는 팽글팽글 돌았다.

나는 익숙한 존재가 다가오는 것을 느낄 수 있었다. 그는 라토의 쌍둥이 동생, 어쩌면 형이 되었을지도 모르는 사람, 아리셸리스였다. 아리셸리스는 에이어리의 목에 손을 대더니 중얼거렸다.

－가엾은 사람 같으니라고.

여섯 보석으로 대표되는 마법사 가문 중에는
다른 가문과의 결혼을 아무렇지 않게 생각하는 쪽이
있는 반면에 극도로 꺼리는 분위기도 존재한다.
두 가문 명단에 모두 오를 수는 없는 탓에
막 결혼한 부부는 자신들이 어느 쪽 가문을 택할지
스스로 선택해야 한다.
루비 가문은 다른 가문과의 결혼에 관대한 대신에
선택권을 주지 않고 곧바로 자기 가문의 명단에서
지워 버린다. 다이아몬드 집안의 수장과 결혼했다가
아들 울릭을 낳은 다이아몬드 카분도
본래 루비 카분이었다.
루비 카르멘이 에메랄드 집안의 쌍둥이와
친하게 지내는 것은 루비 가문에서 오랜 논란거리였다.
그녀가 나중에 자라서 쌍둥이 중 하나와 결혼하게 되면
루비 가문은 가장 촉망받는 사람 하나를
빼앗기는 셈이었다. 그러나 루비 카르멘은
결혼 대신 루비 가문의 젊은 수장이 되는 쪽을 택했다.

VII

투란이 창조의 기둥 아래서 울다가
침대에서 잠들지 못하는 사람의 잠을 깨운다

왕의 자식으로 태어나면 왕이 되거나 권력 싸움에 휘말려 죽는다. 귀족의 자식으로 태어나면 왕의 신하가 되거나 권력 싸움에 휘말려 죽는다. 상인의 자식으로 태어나면 더 큰 부자가 되거나 망해서 거지가 된다. 농민의 자식으로 태어나면 평생 땅에 속박되어 농사를 짓는다.

투란이 아는 삶의 진리는 그 정도였다. 그녀는 제국 귀퉁이에서 농민의 자식으로 태어났다. 그러면 그녀의 앞날도 정해진 것이나 마찬가지였다. 두 청년이 마을에 나타나서 다른 사람들을 내버려 두고 투란의 삶에 영향을 끼치기 전까지는 그랬다.

지금 투란은 언제 세워졌는지 알 수 없는 낡은 기둥에 기대어 있었다. 창조의 기둥이라는 별명이 있었지만 더 이상 아무것도 만들어 내지 못했다. 별들은 뿌옇게 녹아내려 하늘로 번졌는데 투란의 눈이 젖은 탓이었다. 눈을 몇 번 깜박여도 하늘은 변하지 않고 괜히 볼에 차가운 자극만 느껴졌다.

창조의 기둥 곁을 지나던 그림자는 그 모습을 보고 숨을 죽였다. 그러나 투란은 정체를 단번에 알아챌 수 있었다.

– 탈와르 사제장님.

어른어른하던 그림자가 형체를 드러냈다.

– 그래, 투란.

– 어디 가세요?

– 신전에 급한 일이 있어서.

– 이런 한밤중에요?

탈와르는 선뜻 대답하지 못하고 투란의 얼굴을 보며 적당한 말을 찾았다.

– 힘든 하루를 보낸 모양이구나.

사제장이 다가오지 않고 거리를 둔 채 말했다. 투란이 밤마다 창조의 기둥에서 울적한 마음을 달랜다는 것은 일찍 자는 호문을 빼고 모든 사제가 알고 있었다. 그래서 다들 알아서 빙둘러 다녔는데 탈와르는 그날 밤 할 일에 정신이 팔린 나머지 뜰을 가로질렀다.

– 매일 손이 빨갛게 부어요. 자는 시간이랑 먹는 시간을 빼고 계속 깎는데 오늘도 완성하지 못했어요. 내일도 호문 스승님은 호통을 치실 거예요.

탈와르가 한숨을 쉬었다.

- 내가 호문에게 말해 주었으면 좋겠니?

- 아니요, 아니요. 스승님은 남에게 이르고 다닌다고 절 미워하실 거예요. 절대로 그러시면 안 돼요.

- 호문은 본래 자신과 남에게 엄격한 사람이지. 그에게는 남은 시간이 많지 않아. 그전에 널 어엿한 사제 후보로 만들고 싶을 거다.

- 저보다는 기를란 선배가 훨씬 실력이 좋은걸요. 기를란 선배가 스승님의 뒤를 이을 거예요.

- 그래그래, 그 친구는 너보다 몇 년이나 일찍 시작했으니까. 그래도 호문은 네가 얼른 실력을 키워서 둘이 경쟁하는 모습을 보고 싶을 거야.

- 정말 그럴까요?

탈와르는 할 말이 떨어지고 또 자기 일이 급해서 초조하게 주위를 살폈다.

- 오카브 님.

- 여기 오카브 님이 계세요?

투란이 주위를 둘러보았다. 하늘에서 갑자기 덩어리 같은 것이 뚝 떨어졌다. 투란은 화들짝 놀라고 탈와르는 미동도 하지 않았다.

떨어진 사람이 물었다.

- 여기 있는 줄 어떻게 아셨습니까?

목소리에서 고통이 묻어 나왔다. 본래 그런 방식으로 과격하게 내려오는 것은 아닌 모양이었다.

- 밤이면 창조의 기둥 속 구멍에 들어가 계시는 걸 모르는 사람이 어디 있습니까? 투란, 나는 급한 일이 있어서 가 보아야 하니 오카브 님이 너에게 좋은 말씀을 들려주실 거다.

창조의 기둥 중간에는 완전한 구 모양으로 매끄럽게 파인 구멍이 몇 개 있었는데 공교롭게도 그중 하나가 젤레즈니 왕국의 하늘을 향해서 뻗어 있었다. 오카브는 거기 앉아서 밤하늘을 응시하며 회한에 젖는 일이 자주 있었다. 투란이 제자가 되기 훨씬 전부터 있었던 전통이었다.

- 그럼 제가 여기서 울고 화내는 소리를 매일 다 들으셨던 거예요?

탈와르가 사라지자마자 투란이 부끄러움과 화를 담아 물었다.

- 그래.

- 거슬리지 않으셨어요?

- 처음에는 좀 그랬는데 그냥 풀벌레 소리라고 생각하기로 했어. 손이 아파, 집에 가고 싶어, 똑같은 말만 계속 반복하니

까 정말 그런 소리를 내며 우는 곤충이 있을 수도 있겠다고 생각했지.

─괜히 하는 소리가 아니에요. 제 손 좀 보세요.

투란이 오카브에게 굳이 양손을 보여 주었다. 희미한 달빛으로 볼 수 있는 게 아니라 오카브는 가지고 온 등을 켰다.

─그래, 많이 부었구나. 그리고 넌 손이 나보다 크구나.

─이렇게 붓도록 일해 봐야 하루에 한 개도 완성하지 못해요. 내일이면 또 스승님에게 혼날 거예요. 오늘도 그냥 포기했어요.

─그래.

오카브는 할 말을 찾지 못했다. 그는 위로에 능한 사람이 아니었다. 그는 인간들이 조금 더 관대해져서 위로를 장난으로 대체할 세상이 어서 오기를 바랐다.

─스승님에게 혼나 보지 않아서 잘 모르실 거예요. 매일 나이가 많아서 힘이 없다고 하시면서.

─화를 낼 때는 갑자기 젊은이처럼 힘이 넘치지.

─아세요?

─그럼, 나도 대장장이 왕이 되기 전에는 그 사람한테 훈련을 받았으니까. 에이어리도 호문에게 훈련을 받았지.

─그럼 그때는 스승님도 젊으셨어요?

－아니, 호문은 내가 왔을 때부터 이미 노인이었어. 그때도 머리가 새하얗고 주름살이 많았어.

－정말요? 그럼 대체 몇 살이나 되신 거예요?

－그건 아무도 몰라. 사제들 중에서 나이가 가장 많은 건 확실하지만. 아무튼 그 사람은 나한테도 그 망할 나무 조각을 매일 하나씩 깎으라고 했지. 나는 다른 것도 한꺼번에 배우느라 바빴는데 말이야.

－그래서 어떻게 하셨어요?

－하루는 화가 나서 대장장이 신의 힘을 빌려 걸작을 완성했지. 그랬더니 길길이 날뛰면서 화를 내더라고. 내가 만든 나무 조각상의 모가지를 분지르면서 말이야. 그래서 다음부터는 대충 한 시간 정도 깎아서 완성한 다음 가져갔어.

－그랬더니요?

－포기했는지 별로 뭐라고 하지 않았어.

－엄청 잘 만드셨던 것 아니에요?

－아니야, 대장장이 신의 힘이 완전히 깃들기 전에는 그냥 인간이니까. 마을에서 애들이 가지고 노는 나무 인형보다 딱히 나을 것도 없었지.

오카브는 오랜만에 그 시절을 생각했다. 그때는 힘들었지만 희망에 부풀어 있었다. 역사에 이름을 남기는 훌륭한 대장장이 왕이 되리라 결심했었다. 결국은 역사에 이름을 남기기는 했다.

–그럼 에이어리 님은요?

–그 녀석은 나보다 더 나쁜 놈이라 30분 이상은 쓰지 않았어. 대충 인간처럼 머리랑 몸통이랑 다리만 구별되게 만들어서 가지고 갔지. 팔은 언제나 몸통에 바짝 붙어 있었어.

–그럼 혼나셨어요?

–아니, 그 녀석이 무슨 술수를 썼는지 이상하게 단 한 번도 혼난 적이 없어.

–왜요?

–그건 내일 아침에 호문한테 물어봐라. 이제 그만 가서 자야지. 늦잠 자면 내일 더 많이 혼날 거다.

오카브는 투란을 보내 놓고 조금 더 둥지에 머물 계획이었다. 어쩌면 그러다 그대로 둥지에서 잠들 수도 있었다.

투란은 등을 켜고 나무 조각을 챙겨 일어섰다. 오카브가 그 모습을 보다가 무심코 소리를 냈다.

–왜 그러세요?

–그, 그건 뭐냐?

–제가 만드는 조각이요.

–잠깐 줘 봐.

오카브는 손짓으로 재촉한 다음 조심스럽게 조각을 받아 들었다. 긴 머리를 휘날리며 손을 앞으로 뻗은 여인의 모습이었다. 떠나는 사람을 애타게 부르는 것인지, 괴물에게서 도망치는 것인지 알 수 없었다. 머리카락이 흩날리고 입은 벌어졌으며 손가락은 허공을 향해 뻗어 있었다.

ㅡ 눈이 먼 데스커드가 우연히 다른 이를 바른길로 인도했군.

ㅡ 무슨 말씀이세요? 데스커드가 왜 눈이 멀어요?

ㅡ 아니야, 이건 정말 훌륭한 솜씨다, 투란. 지금까지 네 모습을 보고 오해한 내가 미안하다.

ㅡ 무슨 오해를 하셨는데요?

ㅡ 너는 이런 것보다 대장간에서 망치를 두드리는 걸 더 좋아할 거라고 생각했거든. 넘쳐 나는 기운과 큰 손으로 섬세한 일은 어울리지 않는다고 단정했지.

ㅡ 그건 맞아요. 이런 일은 계속하다 보면 등이 막 쑤시고 고통스럽거든요. 제 몸이 자꾸 우그러드는 기분이에요.

ㅡ 그래도 이건 정말 대단해. 겨우 몇 달 배운 사람의 솜씨라고는 믿을 수 없어.

ㅡ 그럼 왜 스승님은 매일 절 혼내시는 거예요?

오카브는 이제 모든 것을 깨달았다는 표정을 지었다.

- 네 솜씨가 부족해서가 아니야.

오카브가 나무 조각을 내밀었다. 두려움과 슬픔을 간직한 얼굴과 그 주변을 흐르는 머리카락은 완벽했다. 곡선을 그리는 팔의 끝에 매달려 있는 손가락도 아름다웠다. 어깨부터 허리까지 내려오는 곡선도 나무라고는 여겨지지 않았다.

- 이 아래는 덩어리지. 여인은 완벽하게 아름답지만 바위에 붙어 있어. 상반신은 인간이지만 하반신은 바윗덩어리야. 세상에 이런 생물이 있었던가.

- 말씀드렸잖아요. 시간이 없었어요.

- 그래서 네가 혼나는 거다. 호문은 네 솜씨를 가지고 혼내는 게 아니야. 완성되지 않은 물건을 가져오니 혼내는 거지. 그 사람은 인형 한 개를 만들어 가지고 오라고 했으니까.

- 그러면 그렇게 말씀해 주시면 되잖아요?

- 옛날 스승들의 교육 방식은 그런 식으로 되는 게 아니거든. 잘못했다는 것만 지적해 줄 뿐 무엇을 잘못했는지는 스스로 찾아야 하는 거야. 젊은이들이 생각하기에는 답답하겠지만 거기에도 의미가 있어. 그런 방식은 모든 가르침을 제자가 스스로 생각한 것처럼 만들거든.

- 그러니까.

- 다리까지 만들어서 가야 해. 시간이 없어서 엉성하고 못

143

생겼어도 괜찮으니까. 호문이 혹시 조각을 만져 보던?

　- 아니요. 눈으로 보기만 하셨어요.

　- 호문은 나이가 들어서 눈이 좋지 않아. 우리가 안경을 권해 본 적도 있지만 완강하게 거절했지. 장치를 통해서 보는 건자기 눈으로 보는 게 아니라는 거야. 대장장이 신의 사제답지않게 고루한 구석이 있지.

　- 그럼.

　- 그래, 호문의 눈에 그 조각의 장점은 잘 보이지 않을 거야. 모든 것이 뿌옇고 희미할 테니까. 자세히 살핀다면 단번에알 수 있겠지만 척 보기에도 미완성이라 그러지 않았겠지.

　- 정말 대단하세요. 역시.

　투란은 끝말을 얼버무렸다.

　- 역시 뭐? 대장장이 왕이었던 사람이라고? 괜찮아, 대장장이 왕이었다는 사실은 내게 부끄러운 일이 아니야.

　- 아, 그러고 보니 저한테 알려 주시면 안 되는 거잖아요?제가 혼자 깨달아야 하는 것 아니에요?

　- 괜찮아, 괜찮아. 호문은 엄격해서 좋은 스승이지만 한두가지는 도와주어도 된다는 생각을 못 해. 생각이 나무 조각처럼 딱딱하게 굳어서 말이야.

　투란은 모처럼 소리 내어 웃었다. 오카브는 투란을 배웅하고 나서 다시 기둥에 난 홈을 타고 올라가 아늑한 둥지에 자리를 잡았다.

하늘에 떠 있는 데네브는 작은 소동이 끝날 때까지 그를 기다려 주었다. 빛은 한결같은 것이 아니라 밝게 빛나다가 어두워지기를 반복했다. 마치 대화를 시도하는 것 같았지만 의미를 알 수 없었다.

그날 밤 투란은 한때 데스커드가 살던 집에 도착하자마자 곧바로 잠들지 않았다. 그녀는 처음으로 인형에 다리를 달아 주었다. 이미 완성한 곳을 더 다듬는 일은 그만두었다. 그런 일은 다리가 달리고 난 다음에 해도 충분했다.

다음 날 투란은 책상에 얼굴을 붙인 채로 눈을 떴다. 나무 조각은 눈이 부신 햇살 아래에서 더 찬란하게 보였다. 나무로 만든 여인이 혼자 손가락을 움직이거나 허리를 틀어도 놀랍지 않을 것 같았다. 투란은 부은 손가락으로 조각의 몸을 움켜쥐었다.

－아침이야.

시간을 알 수 없었지만 늦은 것만은 확실했다. 스승 호문은 보통 해가 뜨기 전에 일어났다.

투란은 그대로 몸을 일으켜 달리기 시작했다. 계단을 뛰어오를 때 허벅지가 손처럼 단단하게 붓는 느낌이었다. 차가워진 공기 속 물방울이 얼굴을 가볍게 때려 남은 잠기운을 지워주었다. 아직 새벽의 흔적이 남았다는 뜻이었다.

그녀는 호문의 집에 도착하고 나서 숨을 고쳤다. 스승이 야단을 친다고 해도 이번에는 견딜 수 있을 것 같았다. 손에 든 나무 여인은 어쨌든 처음으로 만든 완성품이었다. 호문이 검사하고 나서 땔감으로 쓸 게 분명하지만 그 사실은 변하지 않을 것이다.

투란은 나무로 만든 문을 똑똑 두드렸다. 호문은 아무리 나무를 다루는 사람이라고 해도 지나치게 나무를 좋아했다. 금속으로 된 것은 만지기도 싫어했는데 그 속에 독이 들어서라고 했다. 심지어 투란이 슬쩍 밀고 있는 문의 경첩도 나무로 만들 정도였다.

- 세상에 금속으로 만들 수 있는데 나무로 만들 수 없는 것은 없다.

호문은 입버릇처럼 그 말을 했다. 금속을 다루는 다른 사제들보다 자기가 우월하다는 신념이 담겨 있었다.

- 하지만 스승님, 칼은요? 칼은 금속으로만 만들 수 있지 않아요?

제자가 된 지 며칠도 지나지 않은 투란이 그렇게 말하자 기를란의 눈이 동그랗게 커졌었다. 기를란은 벌써 몇 년째 호문의 제자였다.

 ─ 칼도 만들 수 있지. 고기를 손질할 만큼 날카로운 칼도 만들 수 있다.

 ─ 그러면 그 칼로 금속 칼을 가진 사람과 싸울 수도 있나요?

 기를란은 호문의 얼굴이 찌푸려지는 것을 보고 같이 얼굴을 찌푸렸다. 호문의 대답은 며칠 뒤에 나왔다. 그는 나무로 만든 칼을 굳이 투란의 눈앞에 내보였던 것이다.

 투란이 물으려고 하자 호문은 먼저 손을 들어 막았다.

 ─ 물론 금속으로 만든 칼에 맞서도 뒤지지 않는다.

 호문은 손짓으로 기를란에게 준비한 금속 칼을 가지고 오게 했다. 그는 정말로 금속으로 된 물건은 만지기 싫어했다. 손잡이 부분은 금속이 아닌데도 그랬다.

 ─ 네게 이 검을 줄 테니 휘둘러 보아라. 기를란은 검술에도 능통하니 잘 막을 거다.

 기를란은 제국 귀족 출신으로 어려서부터 소양을 쌓기 위한 교육을 받았다. 그래서 투란은 나무 검을 받자마자 망설이지 않고 그를 공격했다. 어렸을 때 동네에서 아이들과 칼싸움하며 익힌 실력이었다.

 기를란은 옛 기억을 되살리며 몇 번 투란의 공격을 막았다.

그러나 투란의 기세가 너무 강한 탓에 막으면서 뒤로 물러나야 했다.

－거기까지면 충분하다.

숨을 몰아쉬며 의자에 앉은 투란은 나무로 된 검을 유심히 들여다보더니 말했다.

－그런데 이건 날이 뭉툭하네요? 금속 칼처럼 날카롭지가 않아요.

－그걸로도 무기의 본래 목적은 완수할 수 있어. 금속으로 만든 것들은 사람의 살을 갈라놓기나 하지. 겨우 사람으로 태어난 주제에 같은 사람의 목숨을 끊을 권리가 어디에 있나?

투란은 그 말에 깊이 감동했었다. 태어나고 성장했던 마을에는 그런 말을 들려주던 사람이 없었다. 그녀는 이후로 다시 스승의 나무 사랑을 의심하지 않았다.

이날 투란은 집 안에 들어서자마자 공기가 차분하게 가라앉은 것에 긴장했다. 살금살금 안쪽으로 들어가니 기를란의 뒤통수가 보였다. 그의 풍성하고 곱슬한 머리는 감추려고 해도 감출 수 있는 것이 아니었다.

기를란이 뒤를 돌아보자 귀족적이고 날카로워 보이는 얼굴이 드러났다. 특히 높게 솟은 코는 그의 가문과 자존심 외에도 많은 것을 설명했다. 투란은 그런 코를 가진 사람이 어째서 대장장이 신을 모시는 사제가 되려는지 알 수 없었다.

기를란은 투란이 입을 열기 전에 얼른 손바닥으로 입을 가렸다. 말하지 말라는 뜻이었다. 투란이 입 모양으로 이유를 물었다. 기를란이 대답 대신 가까이 오라고 손짓했다.

투란은 다가가서 스승이 잠든 모습을 보다가 자기도 모르게 작게 소리를 질렀다. 그렇게 평화롭게 잠든 모습은 전에도 본 적이 있었다. 이웃에 사는 마랏 할머니가 보이지 않아 찾아갔을 때 그분도 그렇게 자고 있었다. 영원히 깨지 않을 잠이었다.

– 정말?

투란이 자기도 모르게 소리를 내어 물었다. 기를란이 고개를 끄덕이고 손가락 하나를 스승의 코 아래로 가져갔다. 투란은 용기를 내어 스승의 손목을 만져 보았다. 아직 식기 전인 손목은 나무를 만지는 것처럼 따뜻하면서 딱딱했다.

두 사람은 조용히 물러나서 집 밖으로 나왔다. 투란은 더 참지 못하고 울음을 터뜨렸다. 기를란은 한사코 투란 쪽을 보려고 하지 않았는데 그도 울고 있는 것이 분명했다.

둘은 서로를 보지 않고 각자 탈와르와 다른 사제들에게 알리러 달려갔다. 한 시간 후에 호문의 집은 지어진 이래로 가장 번잡스러운 장소가 되었다.

－후계자를 정하기도 전에. 그래도 몇 년은 더 살 것처럼 건강했는데.

탈와르가 침통하게 말하는 것이 투란의 귀에 들어와서 가슴을 아리게 했다.

－그래도 호문은 편안히 가셨어요. 후회하지 않는 삶이었을 거요.

트라이버가 하나뿐인 팔로 눈가를 훔치며 말했다. 그의 다른 팔은 대장장이 왕의 생명과 맞바꾼 것이었다.

대장장이 마을 사람들이 와서 호문의 시신을 수습하는 일을 도왔다. 그들은 재빠르게 들것을 준비해 위에 하얀 천을 덮어 호문을 옮겼다. 그의 장례를 위한 관은 다른 사제들이 만들어 줄 텐데 물론 금속 못 따위는 쓰지 않을 예정이었다.

－그 인형, 검사는 못 받았겠구나?

어느새 투란의 곁으로 다가온 오카브가 물었다. 투란은 자기 손에 꽉 쥐인 인형을 내려다보며 대답했다.

－네, 하지만 괜찮아요.

투란은 그 인형을 호문과 함께 영원히 잠들도록 마지막 선물로 바칠 계획이었다.

호문의 이름을 이어받는 대장장이 신의 사제들은

사고를 당하지 않는 이상 대개 장수하는 편인데

거기에 대해서 다음과 같은 설명을 붙인다.

나무는 자연에서 태양 아래 드러난 것이고 정화된 것이나,

금속은 땅속에 숨겨진 것이고 독을 품고 있다.

금속을 다루는 사람은 금속의 독을

흡수하기 때문에 건강을 해치게 된다.

금속의 독은 사람의 몸뿐 아니라 정신에까지

영향을 미쳐 성격을 포악하고 잔인하게 만든다.

– 그래서 금속을 발견한 이래

인간 사이의 전쟁이 끊이지 않게 된 것이라네.

– 그럼 제가 대장장이 왕으로서

세상 모든 대장장이의 능력을 앗아서

나무로만 물건을 만들게 하면 전쟁이 사라질까요?

호문이 어린 에이어리를 보며 고개를 저었다.

– 이미 준 것은 다시 빼앗을 수가 없고

한번 드러난 것은 다시 감출 수가 없지.

VIII

에이어리가 경솔하게 까마귀 수장의

정체를 내뱉는 바람에 원한을 산다

연락은 에이어리가 아녜시, 그러니까 위대한 조언자를 만
난 바로 다음 날에 왔다. 심부름 온 사람의 손에는 제국의 외
교 문서가 아니라 직접 손으로 쓴 편지가 들려 있었다. 그래도
대장장이 왕은 그를 마음에 들어 하지 않았는데 속에 공기가
든 것처럼 부푼 모자에 금술을 달아 놓은 모습은 아무리 보아
도 정이 가지 않았다.

　－읽고 곧바로 답변해 주시면 가서 전하겠습니다.

　머리에 얹은 모자도 감당하지 못할 정도로 목이 가는 사신
이 뻣뻣한 태도로 말했다. 에이어리는 금방 기분이 상했다. 그
러나 편지를 읽지 않고 버릴 수도 없는 노릇이라 일단 내용을
훑어보았다.

　소위 제국의 고귀하다는 사람들은 편지 앞에 쓸데없는 인
사로 종이를 낭비한다는 말을 들었는데 직접 보니 그 말이 가
히 틀린 것이 아니었다. 한 장짜리 편지의 절반은 보낸 사람의

신분을 뽐내는 내용이 들어가 있었다. 누구의 자손이며 어디의 공작이며 무슨 공이며 하는 것들을 에이어리는 읽지도 않고 대충 넘겼다. 정작 용건은 아래에 간단하게 적혀 있었는데 그를 초대하고 싶다고 했다.

에이어리는 길게 고민하는 것을 좋아하지 않아서 곧바로 마음을 굳히고 심부름꾼을 쳐다보았다.

─거절이오.

─예?

상대는 당황한 나머지 처음보다 조금 유연해진 목으로 되물었다.

─거절하겠소.

심부름꾼은 어째서입니까, 하고 물으려다가 예의에 어긋남을 깨닫고 표정을 고친 다음 다시 물었다.

─이유를 말씀해 주시면 가서 제 주인께 전하겠습니다.

─나는 황제의 초청을 받아 이 나라에 왔소. 아직 황제를 만나지도 않았는데 그를 먼저 만난다면 예의에 어긋나는 일이 되겠지. 그렇지 않나?

일부러 마지막에 가서는 존대를 거두었다.

─옳으신 말씀입니다.

황제를 들먹이는 것은 언제나 좋은 선택이었다. 상대는 에

156

이어리의 말이 옳은지 따져 보지도 않고 무조건 찬성해서 혹시라도 황제에게 불경죄를 저지를 위험을 피했다.

─그러니 나중에 오게.

에이어리는 파리를 쫓듯이 손을 흔들며 심부름꾼을 내보냈다.

정작 황제의 심부름꾼이 온 것은 그로부터 다시 며칠이 지난 다음이었다. 에이어리가 따로 어디에 머물고 있다고 전한 것도 아니었는데 그는 올바른 장소로 찾아왔다.

─스탐노스, 스탐노스 펠리스가 아니십니까?

겨우내 무슨 일을 겪었는지 스탐노스는 광대가 드러날 정도로 비쩍 말라 있었다. 그의 눈 밑에 드리운 검은 그늘을 보면 병에서 막 회복된 사람 같았다. 에이어리는 그를 안내해서 자기가 머무는 호화로운 숙소의 응접실에 앉혔다. 거기에는 에이어리를 수행하는 두 사람, 가르젠과 데스커드도 자리 잡고 있었다.

그들도 스탐노스를 한때 스쳐 갔던 죽음의 기운을 쉽게 알아차리고 호기심을 보였기 때문에 스탐노스는 황제의 용건을 전하기도 전에 먼저 자기의 이야기부터 들려주게 되었다.

─지난겨울에 대장장이 왕을 뵙고 돌아가는 길이었습니다. 그때는 눈이 참 많이 왔지요.

- 정말로 그랬습니다. 대장장이 신의 신전에는 눈이 허리까지 쌓이도록 내렸지요.

에이어리의 말을 듣고 스탐노스는 고개를 끄덕였다.

- 그렇습니다. 저희도 갑작스러운 폭설 때문에 마차가 움직이지 않아 며칠 쉬어야 했지요. 그사이에 저는 정체를 알 수 없는 열병에 걸렸습니다. 수행원들이 멀쩡했던 것을 보면 제 몸이 다른 이들보다 지극히 허약한 탓이었을 겁니다.

스탐노스는 이야기를 계속했다.

- 몸에서 열이 끓고 팔과 다리에 붉은 반점이 나타났고, 수행원들의 말을 들으니 저는 뜨거워진 뇌 탓에 계속 헛소리를 지껄였다고 하더군요. 그대로라면 꼼짝없이 객사할 판이었습니다. 우리가 머물던 곳은 수도에서 멀리 떨어진 지방이었지만 한가롭고 경치가 좋은 곳이라 유력자 한 명이 살고 있었습니다. 그가 저의 사연을 듣고 자기 집에서 겨울을 보내도록 허락해 주셨습니다.

가르젠이 그 유력자의 이름을 물었고, 스탐노스는 프락시스 아가소라고 대답했다. 그 말을 듣자마자 가르젠의 눈썹이 움직인 것을 보면 보통 사람이 아닌 것은 확실했다. 제국의 여러 이름에 익숙한 스탐노스가 보이는 엷은 미소 역시 그가 보통 사람이 아니라는 것을 말해 주었다.

－아가소 님은 겨울 동안 제가 그의 별장에 머물면서 몸을 회복할 수 있게 여러 가지 배려를 아끼지 않으셨습니다. 그사이 제 수행원들은 먼저 여기 제국 수도에 와서 황제께 제 병에 대해서 보고했지요. 황제께서는 처음에 자신을 진찰하는 의사를 보낼 생각까지 하셨다지만 겨울이라 여행길이 좋지 못하고, 또 저를 거둔 사람이 아가소 님이라는 보고를 듣고는 안심하셨다고 합니다. 그래서 저는 몸이 다 나을 때까지 그곳에서 융숭한 대접을 받으며 지냈습니다.

－그것 참 다행이군요. 그런데 아직 몸이 다 회복되지도 않은 것 같은데 어째서 이렇게 서둘러서 돌아오셨습니까? 아가소 님이 제가 생각하는 그 사람이라면 몸이 회복되지도 않은 환자를 내보내지 않았을 텐데요.

－가르젠 님, 그건 아가소 님이 배려가 부족하셔서가 아닙니다. 저는 황제와 같은 펠리스의 피를 가지고 태어났고 황제의 눈에 띄어 벼락출세했지요. 그 바람에 여러 사람에게 눈엣가시처럼 보였던 모양입니다. 그래서 서둘러 돌아올 수밖에 없었습니다.

스탐노스는 그 부분을 말하며 목이 타는지 자기 앞에 놓인 잔을 들어 연거푸 목을 축였다.

－그사이 저를 미워하던 사람들은 저를 황제의 곁에 가까

이 두지 않으려고 미리 세밀한 준비를 해 놓았습니다. 저는 이제 저 멀리 옛 스타인 땅의 아크마트 공국으로 떠나야 합니다. 거기에 전쟁의 기운이 있다는군요. 저는 아크마트 대공의 전쟁 기록관으로 임명받았으니 며칠 후에는 그곳으로 출발할 예정입니다.

– 전쟁의 기운이요?

에이어리가 눈썹을 찌푸리며 물었다. 짐작이 가는 것이 있었는데 결코 좋은 내용이 아니었다.

– 레푸스 대공이 이웃 오레스테스 대공을 상대로 전쟁을 선포했다고 하는군요. 제국에도 막 전해진 소식입니다. 레푸스 대공의 목표는 기껏 친척의 땅을 삼키는 것 정도가 아니라 스타인을 다시 하나로 통일하는 것이라고 합니다. 그러니까 결국은 아크마트 공국도 전쟁에서 자유로울 수가 없지요.

에이어리와 데스커드와 그들과 함께 머물면서 그간의 사정을 들은 가르젠까지 세 사람은 아연실색해서 서로를 쳐다보았다. 스타인 공국의 힘으로 전쟁은 어림도 없었다. 그래서 그를 남몰래 돕는다는 플리니 대공이 대장장이 왕과 마법사 왕의 동생, 두 사람의 힘을 빌리라고 조언했던 것이다. 그러나 레푸스 대공은 짧은 기다림을 참지 못하고 먼저 일을 저질러 버렸다.

스탐노스는 그들의 낯빛이 변한 것을 알지 못하고 신세 한 탄을 계속했다.

– 오늘 제가 온 것은 임무를 마무리하기 위한 것입니다. 이 제 며칠 안에 아크마트 공국의 전쟁 기록관으로 부임하기 위 해 떠나야 하지요. 저처럼 어리고 경력이 없는 사람이 맡을 일 이 아니니 사실상 승진이라고 주장하는 이도 있지만 황제의 곁을 떠나면 저는 금방 잊히게 될 겁니다. 게다가 이번에는 마 차도 주지 않는다고 하니 아픈 몸으로 종일 말을 타고 달려야 하는 신세가 되었지요.

거기까지 한탄하고 나서야 스탐노스는 자기 앞에 있는 이 가 왕이라는 사실을 깨달았는지 얼굴색이 변해 머리를 조아 렸다.

– 제가 대장장이 왕께 실례가 되는 말을 했습니다.

– 아닙니다. 덕분에 들어야 하는데 듣지 못한 소식을 들었 습니다. 가시는 길에 평안을 빕니다. 어쩌면 우리가 다시 마주 칠 날이 생각보다 금방 올 수도 있을 겁니다.

에이어리는 그렇게 말하며 스탐노스를 배웅했다. 그즈음 에이어리의 생각은 어느 정도 정리되어 있었다. 그는 옛 스타 인 왕자의 청을 받아들여 제국과 싸울 생각은 없었다. 스승 오 카브는 황제와 철천지원수처럼 지냈다지만 지금은 황제도 다

161

른 사람이었고 대장장이 왕도 다른 사람이었다.

대신 에이어리는 옛 스타인과 제국 간의 알력에 가볍게 개입할 생각은 품고 있었는데 둘이 전쟁을 벌이려고 들면 자신의 힘을 이용해서 일단 전쟁을 막을 생각이었다. 에이어리는 그 일이 그렇게 어렵지 않을 거라고 막연하게 짐작했다. 아무튼 그러기 위해서는 하루빨리 아리셀리스를 만나야 했고 마법사 왕국에 가서 자기 몸에 들어 있다는 기운을 마법사 왕에게 돌려주어야 했다.

그 기간을 버티지 못하고 레푸스가 망해 버린다면 그것은 그의 불찰이었다. 하지만 에이어리도 마음이 조급해진 것은 사실이었다. 위대한 조언자는 그가 제국에서 기다려야 한다는 예언이자 조언을 내어놓았고 에이어리는 가만히 기다리는 것밖에 할 수 없었다.

다음 날 아침이 되자 과하게 장식한 마차 한 대가 호위하는 병력을 이끌고 에이어리의 숙소로 찾아들었다. 마차에 매인 말은 전부 여섯 마리였다. 에이어리가 머무는 고급 여관의 주인은 온갖 높은 사람들을 다 만났다지만 이번에 찾아온 손님 앞에서는 갖은 아양을 떨며 아부했다.

- 황태자께서 방문하신 것은 이 여관이 생긴 이래 최대의 영광입니다.

에이어리는 방문자를 맞이하러 나가다가 그 말을 듣고 기분이 상해 중얼거렸다.

－대장장이 왕을 만났을 때는 저 비슷한 말도 하지 않았는데.

－저 사람에게는 황태자와 사귀는 게 대장장이 왕과 사귀는 것보다 백배는 더 이득일 테니까요.

데스커드가 괜히 말을 거들었다가 가르젠에게 뒤통수를 맞았다. 가르젠도 한마디 보태려고 했지만 황태자가 잽싸게 몸을 돌리고 대장장이 왕을 본 다음 성큼성큼 급하게 걸어오는 바람에 시기를 놓쳤다.

－다시 뵙게 되어 영광입니다. 대장장이 왕을 모시기 위해 제가 황제께 부탁드려 접견관의 임무를 받았습니다. 지난번에 영리하지 못한 자를 보내 마음이 송구스럽습니다.

－모자가 좀 요란한 편이기는 했지만 그렇게 나쁘지 않았습니다.

에이어리는 그렇게 대답하면서 비로소 황태자의 눈부신 외모를 자세히 보았는데 얼굴은 그저 그랬으나 그가 입고 있는 옷은 태어나서 처음 보는 화려한 장식으로 덮여 있었다. 먼저 황태자의 좁은 어깨를 감추기 위해 금실로 짠 것으로 보이는 술이 양쪽에 드리워져 있었는데 눈 부셔서 오래 보기 어려웠다. 가슴팍에도 여러 색의 보석이 박히고 단추가 들어갈 구멍마다 금실이 늘어진 모습이 에이어리가 생각하기에는 위대한 조언자라고 불리는 아네시의 집과 다를 바가 없을 정도로 난잡스러웠다. 바지에는 별다른 장식이 없었으나 무릎까지 높게 신은 카니세리움 가죽 장화 역시 굳이 반짝이는 돌멩이들을 가운데에 박아 놓아서 귀한 가죽이 보석 앞에 빛을 잃고 초라해 보였다.

그 정도면 제국의 거지들이 구걸보다 황태자의 뒤를 졸졸 따라다니면서 장화에서 빠지는 보석을 줍는 행운을 노리는 쪽이 낫겠다는 생각이 들었다. 그러나 에이어리는 황태자 앞에서 말을 함부로 했다가 다시 갈등을 일으키는 것을 원하지 않아서 미소만 짓고 있었다. 말을 참는 것은 그로서는 굉장히 드문 일이었고 대장장이 왕답게 행동하려는 노력이었다.

접견관의 자격으로 온 황태자의 뒤에는 검은 삼각 모자를 쓴 체구가 작은 사람이 있었다. 그는 검은 망토를 두르고 있었고 그 안에 입은 옷도 설핏 비치기에는 검은색이었다. 장갑도 신발도 검어서 얼굴을 제외한 모든 부분이 검었다. 그는 황태자와 함께 서 있어도 위축되기는커녕 그의 위엄이 황태자를 얼간이처럼 보이게 만든다고 해도 좋았다.

에이어리와 가르젠과 데스커드의 시선이 자기보다 뒤에 선

사람에게 집중된 것을 알아챈 황태자는 겸연쩍게 웃으며 그를 모두에게 소개했다.

─ 이분은 제국 까마귀 신자들을 다스리는 작 님이십니다. 작 님, 여기 대장장이 왕과.

작이 손을 들어 황태자의 말을 멈췄다. 그런 무례가 허용된다는 사실에 손을 든 당사자를 제외한 모두가 불편하게 여겼으나 실은 그것도 의도적으로 한 행동처럼 느껴졌다.

─ 대장장이 왕을 뵙게 되어 영광입니다. 직접 뵙게 된 것은 처음이나 그동안 여러 방면으로 소식을 듣고 있었습니다. 그 옆에 계신 가르젠 님의 명성은 제국까지 퍼져 있으니 제가 모를 수가 없지요.

작의 눈은 이제 데스커드를 향했다. 데스커드는 긴장과 함께 작은 기대를 품었다. 작이 슬며시 웃으며 데스커드의 반응을 살폈다. 나중에 데스커드는 그의 눈이 보이지 않는 칼처럼 자신의 몸을 찌르고 통과하는 느낌이었다고 회상했다.

─ 대장장이 왕과 함께 다니며 그를 보좌하는 데스커드 님을 제가 어찌 모를 수가 있겠습니까?

데스커드는 여전히 긴장한 상태였으나 어쨌든 그 말을 듣고 기분이 좋아졌는지 평소의 멍한 얼굴이 나왔다. 그 얼굴 때문에 많은 사람이 데스커드를 처음 만났을 때 키만 크고 비쩍

마른 얼간이 정도로 생각했다. 그래서 지금 대장장이 신의 신전에 있는 투란도 데스커드를 처음 보았을 때는 마을에 흔해터진 멍청한 청년들과 다를 바 없다고 생각했던 것이다.

황태자는 대장장이 왕과의 만남이 거절당하고 난 뒤에 황제에게 편지를 보내 자신을 접견관으로 임명해 주기를 청했다. 그렇게 하면 황제와의 만남 전에 준비를 위해서 대장장이왕과 만날 핑계를 만들 수 있었다. 그가 에이어리를 만나려고애쓰는 것은 그의 불안정한 정치적 입지 때문이었다.

한때 그는 아무 근심 없이 아버지가 죽고 황위를 이어받을날만 기다리던 황태자였으나 삼촌이 아버지를 내몰고 황제가되면서 상황이 복잡해졌다. 삼촌 팔라스 펠리스는 아버지의추종 세력을 무너뜨리려고 조카가 계속 황태자의 지위를 유지할 수 있도록 배려해 주었다. 황태자 디노펠리스는 생각 없이 그 조치에 만족하려고 했으나 상황은 더 복잡하게 바뀌어버렸다. 아버지가 유배지에서 탈출해 반란을 획책하고 있다는 사실은 이제 공공연한 비밀이었다.

삼촌도 아버지도 디노펠리스가 누구의 편을 들 것인지 궁금하게 여기고 결정을 재촉했다. 잘못된 선택을 하면 그대로인생이 끝장날 판이었으니, 지금까지 정세를 파악하고 소양을 갖추기보다 몸 편하게 살기를 선택했던 그에게는 너무 버거운 결정이었다. 그래서 위대한 조언자로 불리는 아녜시를 찾아갔으나 그녀는 가만히 있으라는 말도 안 되는 조언을 했다. 아버지와 삼촌이 당장 결정하지 않으면 대가를 치르게 될 거라고 협박에 가까운 발언을 하는데 대체 어떻게 가만히 있을 수 있다는 말인가?

그때 황태자의 생각은 위대한 조언자의 집에서 우연히 만난 대장장이 왕에게로 옮아갔고 그의 힘이 얼마나 대단한지는 선대 대장장이 왕이었던 오카브를 통해 충분히 알 수 있었다. 만약 대장장이 왕의 마음을 얻을 수 있다면 자기만의 군대를 얻는 것과 다를 바가 없었기에 그토록 대장장이 왕을 만나기 위해 노력을 기울인 것이었다.

그러나 막상 대장장이 왕의 시큰둥한 태도를 보고 나니 어찌할 바를 모르게 되었다.

까마귀들의 수장 작은 황태자가 황제로부터 편지를 받을 때 마침 함께 있었다. 그는 전임 황제이자 황태자의 아버지인 오셀롯이 자기 아들에게 보내는 편지를 전하는 역할을 맡았다. 황태자는 그 편지를 보자마자 마치 만지면 죽는 독이라도 묻은 것처럼 싫어했고 전달자에게도 소리를 질렀다. 전달자인 작은 그런 독을 가지고 있지 않아서인지 담담했다.

— 당신은 황제의 편이 아니라 우리 아버지의 편이군요.

－저는 누구의 편도 아닙니다. 이 편지는 황태자님의 아버지께서 저에게 보내신 겁니다. 제대로 전달할 사람을 고르신 것뿐이지요. 저는 그 편지의 내용도 모릅니다.

황태자가 아무리 영특하지 않더라도 작이 그 편지를 확인하지도 않고 고스란히 전달했다고 믿을 수는 없었다. 아버지의 편지는 뻔한 내용이었다. 그는 제국 수도에 돌아왔다가 최근에 탈출하는 데 성공했지만 되도록 빨리 아들을 만나 앞으로의 일을 의논하기를 원했다. 아들이 아버지를 만나고 싶다면 오늘 자정 여름 궁전 꼭대기에 횃불 열 개를 밝히면 되었다.

그 편지를 가지고 황제에게 가면 확실한 신임을 얻을 수 있었다. 아버지가 이제 와서 무슨 수로 황제인 삼촌을 이긴다는 말인가? 그러나 아버지에 대한 정으로 고민하고 있을 때 마침 황제의 명령이 도달했으니 그가 원하는 대로 접견관 역할을 맡아 대장장이 왕과 자세한 일정을 논의하라는 내용이었다.

작은 디노펠리스가 그 명령을 받는 동안 곁에 있었고 물러설 생각을 하지 않았다. 게다가 뻔뻔하게 자기도 함께 가서 대장장이 왕을 직접 보고 싶다고 했다. 디노펠리스는 그 요청을 거절할 만큼 심지가 강한 사람은 아니었다.

대장장이 왕에게 용건을 전달하는 일이 끝나고 황태자가

갈피를 잡지 못하는 사이에 가르젠과 데스커드가 먼저 자리를 떴고 황태자는 일행의 방향이 그쪽이라 생각해 얼떨결에 그들을 따라갔다. 까마귀들의 수장 작은 누구도 다음 움직임을 예상할 수 없게 가만히 서 있었다. 에이어리 역시 움직이지 않고 작의 곁을 지켰다. 작이 눈썹을 치켜뜨자 에이어리가 웃으며 말했다.

 -작 님, 긴 세월 동안 제국의 그 누구도 작 님에 대한 진실을 알지 못했다니 놀라운 일이군요. 저는 대장장이 신이 내려주신 힘으로 단번에 알 수 있었는데요. 하긴 저도 소문으로 듣기는 했습니다. 루 도인의 투명한 피부를 감출 수 있는 비약이 있다고요.

 그 순간 강철처럼 단단한 작이 여느 무른 인간처럼 당황한 모습을 보인 것은 당연한 일이었다. 작 스스로 생각하기에도 실로 몇 년 만인지 기억조차 나지 않았다. 어쩌면 태어나서 단 한 번도 그랬던 적이 없는 것도 같았다.

 에이어리는 한때 자신을 죽이려고 했던 적을 당황에 빠뜨리고 진심으로 기뻐했다. 그가 침착하게 굴려고 노력하다 끝내 무너지는 모습은 에이어리에게도 똑똑히 보였다. 그에게 얼마나 큰 굴욕이 될 것인지도 분명했다. 그는 다시 대장장이 왕을 우습게 보지 못할 것이다.

‒ 저는.

‒ 괜찮습니다. 아무에게도 말하지 않을 겁니다. 제국에서 루 도인이 어떤 취급을 당하는지 잘 알고 있으니까요.

에이어리는 일부러 작에게 등을 보이며 일행에 합류했다. 그의 몸짓에서 승리에 대한 기쁨을 감출 수가 없었다. 그러나 대장장이 왕의 야심은 계획대로 실현되지 않았다. 까마귀들의 수장은 그의 등을 보며 위축되는 대신 비밀을 지키기 위해 다시 한번 그를 암살하려고 마음을 굳히는 참이었다.

◆

까마귀라고 불리는 집단은

본래 종교적 서약을 통해

평생을 헌신하려는 사람들로부터 시작했다.

처음에는 남자에게만 자격을 주었기 때문에

복종하는 남자들로 불렸다.

그들이 구별된 삶을 사는 표징으로 검은 복장을

고수하면서 까마귀는 그들의 별명이 되었으나

언제부터인가 그들도 스스로

까마귀라고 부르기를 꺼리지 않았다.

그들이 믿는 신은 인간의 능력으로 알 수 없고

눈에 보이지도 않고 인간과 직접 소통하지도 않지만

세상 만물의 법칙을 주관한다.

신이 인간사에 직접 개입하지 않으니

신으로부터 가장 많은 은총을 받은 사람인 우네 카리스,

옛말로 황제가 그들의 눈에 보이는 경배 대상이 되었다.

그래서 그들은 차차 황제를 섬기는 첩보 조직이자

군사 집단으로 발전했는데 그 과정에서

초기의 종교적 색채는 거의 사라져 버렸다.

◆

IX

대장장이가 되어야 할 제이가

강제로 끌려가 전쟁터를 경험한다

전날 밤 제이는 자기 심장 소리 때문에 잠을 설쳤다. 자고 일어나면 대장장이 밑에 도제로 들어가기 위해 집을 떠나는 것이 원인이었다.

스타인 땅에는 예전부터 대장장이가 적었다. 하긴 그럴 수밖에 없었다. 대장장이는 고객이 많은 곳을 선호했고 실력만 된다면야 하다못해 제국 땅 구석에라도 붙어 있으려고 했다.

카라라는 여전히 스타인 땅에 남은 몇 안 되는 대장장이였다. 예전에는 왕실 전속 대장장이였으나 이제는 나라도 쪼개지고 해서 떠날 법도 한데 그대로 남아 있었다. 제이에게는 더할 나위 없이 잘된 일이었다.

아버지는 입만 벌리면 자기 땅이 없는 사람에게는 희망이 없다고 했다. 땅을 빌려 부쳐 먹고 사는 사람은 평생 그렇게 살아야 한다.

─그래도 네가 대장장이가 되면 우리한테 땅을 사 줄 수 있

을 것 아니냐? 너 하나만 잘되면 우리 가족이 살아나는 거다.

어머니는 그렇게 막 도제로 들어가려는 사람에게 부담을 주었다. 대장장이가 되기까지 몇 년이 걸릴지 모르는 일이었다. 지금이 열일곱인데 한 사람 몫을 하려면 적어도 칠팔 년은 걸릴 것이다. 그리고 나서도 몇 년은 대장장이 밑에서 일해야 했다.

카라라는 보통 제자가 서른 정도는 되어야 독립을 시켜 준다고 했다. 그때가 되면 먹고사는 일에는 지장이 없을 것이다. 그런데 그때까지 늙은 부모가 살아 있기는 할지 걱정이었다. 그리고 보니 카라라도 나이가 적지 않았다.

아무튼 그런 두려움과 기대, 중압감과 상상이 더해져 밤새 뒤척였지만 아침은 어김없이 찾아왔고 눈은 저절로 뜨였다. 제이는 마당으로 나가 웃옷을 벗고 나무 양동이의 물로 대충 얼굴과 목덜미와 팔을 씻었다. 남은 잠기운은 물에 씻겨 부서졌다.

제이가 옷을 대충 팔에 꿰었을 때 손님이 찾아왔다. 제이도 얼굴을 아는 사람이었다. 그러나 반가운 인물은 아니었다. 그는 좋은 일로 찾아오는 법이 없었다.

─ 나리, 어쩐 일이십니까?

─ 아모스의 아들 제이, 본인이 맞겠지?

나리라고 불린 중년의 남자는 다짜고짜 물었다. 그는 양옆에 장정을 거느리고 있었다.

─아시면서 뭘 물으십니까?

─시끄럽다. 말대꾸 들으러 온 게 아니야. 나이는 열일곱 맞지?

─그런데요?

─옷이나, 옷이나 얼른 입어. 그 징그러운 배꼽 털이나 가리라고.

제이는 남자의 무성하고 더러운 수염을 보며 옷을 마저 입었다. 그렇게 털이 싫으면 본인 턱에 달린 것부터 처리할 일이지 싶었다.

─그래, 아모스의 아들 제이. 그대는 징집되었다. 이제부터.

─잠깐만요.

제이는 나리가 얼굴을 찡그리는 것을 보고 움찔했다.

─징집이 뭡니까?

─쉽게 말하면 넌 지금부터 스타인 공국, 레푸스 대공의 병사가 되었다는 말이야.

─뭐라고요?

─못 알아듣겠어?

─아니, 갑자기 왜요?

- 왜기는, 대공께서 오레스테스 공국을 상대로 전쟁을 선포하셨다. 그래서 병사가 추가로 많이 필요한 상황이야. 마을마다 젊은이들을 보내라고 명령이 내려왔어.

- 그런데 왜 하필 접니까?

- 나이가 맞는 건강한 남자는 전부 소집 대상이야.

소동이 길어지자 가족들이 마당으로 나왔다. 아버지, 어머니, 누나, 동생들이 두려운 시선으로 상황을 지켜보았다.

- 무슨 일입니까?

아버지가 대표로 물었다.

- 아모스, 아들이 징집되었소.

아버지는 그 단어를 아는지 얼굴을 일그러뜨렸다.

- 그러나 전쟁은 십 년 전에 끝나지 않았습니까?

- 그건 옛 전쟁이고 이번 전쟁은 오레스테스 공국을 상대로 벌이는 거요. 자네 아들은 지금 우리랑 같이 가야 해.

- 지금 당장요?

- 그래, 그렇게 하지 않으면 도망치는 사람이 생기거든. 그러니까 통보하는 즉시 데리고 가야 뒤탈이 없어.

- 하지만 저는 내일부터 대장장이의 도제로 일하기로 되어 있단 말입니다. 대장장이 카라라를 아시잖아요? 저는 오늘 출발하려던 참이에요.

－그거참 축하할 만한 일이네. 전쟁이 끝나면 그때 가 봐. 길어야 한두 달짜리 전쟁일 것 같으니.

－카라라 님이 그걸 기다려 주시겠어요? 밑에 들어가려는 사람들 천지인데?

－어허, 카라라가 높아, 레푸스 대공이 높아? 그분은 한때 우리의 왕이 되실 분이었다고. 어차피 다른 놈들도 다 너처럼 징집되고 없을 거다. 지금은 대장장이 왕의 도제가 되었대도 갈 상황이야.

－전쟁은, 전쟁은 대체 왜 일어난 거요?

아버지가 물었다.

－거기까지야 나도 모르지. 나는 시키는 일을 할 뿐이오. 높으신 분이 과실주라도 퍼마시고 자다가 심심했던 모양이지.

나무로 얽은 낮은 담장 너머로 그림자 하나가 휙 지나갔다. 사람이라기보다는 산짐승처럼 날쌔서 얼굴을 확인하기도 어려웠다. 그러나 징집관은 망설이지 않았다.

－저기 눈치 빠르게 도망가는 놈 있다. 얼른 잡아 와.

잠시 후 양팔을 잡힌 채 비참하게 끌려오는 사람의 얼굴이 보였다. 제이는 평소 익살을 부리기 좋아하던 친구를 확인하고 마음이 어두워졌다. 인간다움이 사라진 그는 입가에서 웃음 대신 피를 흘리고 있었다.

- 시간이 없으니까 얼른 가자고.

제이는 반항해 보아야 좋아질 일이 없다는 것을 알았다. 도망친다고 해도 카라라의 대장간으로는 가지 못할 것이다. 그렇다면 도망에 의미가 없었다.

- 대신 가족과 인사할 시간은 주세요.

그때 제이의 여동생이 울음을 터뜨리는 바람에 분위기는 더 어두워졌다. 정작 유일하게 전쟁을 경험한 아버지는 무덤덤하게 아들을 보냈다.

- 열심히 싸울 필요 없다. 살아남으려고 노력해.

- 그럴게요.

제이가 스타인에서 마극이라고 불리는 행정관의 집에 도착했을 때 마당에는 열몇 명이 모여 있었다. 제이의 친구들부터 시작해서 심지어 친구의 아버지 중 젊은 축들도 나와 있었다. 운이 없어서 부자가 다 끌려 나온 경우도 있었다. 제이는 남의 처지에 신경 쓰고 싶지 않아 눈길을 돌렸다.

곧이어 제이와 다른 사람들은 대공이 파견한 사람에게 인계되었다. 그는 시간이 없다면서 늦어도 저녁까지는 도착해야 한다고 성화를 부렸다. 사람들은 불평을 말하지 않고 가축처럼 따라갔다. 다른 사람들이 그러고 있는데 제이도 화를 낼 기운이 나지 않았다.

점심에는 마른 빵을 한 조각씩 주었다. 딱딱했지만 조각을 뜯어서 입에 물고 있으면 침이 나오면서 단맛이 돌았다. 그렇게 몇 조각 먹고 나면 입이 텁텁해서 물을 마시고 싶은 생각이 간절해졌다.

— 혹시 물은 없나요?

누가 먼저 그렇게 물었다.

— 없어. 빵을 준 것만도 고맙게 생각해.

이후로는 아무도 질문하지 않았다.

서두른 덕분인지 저녁 시간이 되기도 전에 그들은 목적지에 도착했다. 듣기로는 내일 도착하는 마을도 있다고 했다. 그러나 사람은 이미 충분히 많아 보였다. 모인 사람들을 이름이 적힌 종이와 일일이 대조하느라 사방에서 소리를 질러 댔다.

제이는 마을 사람들과 떨어져 혼자 다른 부대에 배속되었다. 냄새가 심하게 나는 얇은 가죽 갑옷과 끝에 쇠붙이 비슷한 것이 달린 창을 받았다. 그걸로 사람을 찌른다고 피가 나오기는 할지 의문이 들었다. 애초에 상대도 무기가 그 모양이라면 갑옷은 효과가 있겠다 싶었다.

제이는 군대에 대해서 아무것도 몰랐고 그래서 수동적으로 행동해야 했다. 끊임없이 명령을 받고 움직이면서 그는 자신이 멍청한 것처럼 느껴졌다. 다르게 표현하면 양치기가 모는

양이 된 기분이었다. 제이는 다른 양들과 함께 웅크리고 앉아 있었다.

－이들이 내 부하가 될 사람들인가?

대장처럼 보이는 젊은이가 와서 같이 온 사람에게 물었다. 그는 제이보다야 나이가 많겠지만 역시 젊어 보였다. 특이하게도 나무 막대기를 묘기처럼 빙글빙글 돌리다가 허리춤에 꽂아 넣었다.

－모두 기운이 없어 보이는군. 저녁을 주지 않았나?

－아직입니다.

그렇게 대답하는 부관은 대장보다 나이가 많아 보였다. 그는 그럭저럭 괜찮은 금속 갑옷을 입고 있었다. 모두 그가 레푸스 대공이 원래 거느리는 병사라는 것을 알아볼 수 있었다.

－그래서 모두 힘이 없었군. 좋아, 내 소개를 하자면 모제스, 플리니 대공을 모시고 있는 사람이다.

사람들은 반응을 보이지 않았다.

－플리니 대공을 모시고 있는 사람이 어째서 너희들의 대장이냐고 묻는다면.

그러나 사실 그렇게 물은 병사는 아무도 없었다. 이제 와서 그런 것은 크게 문제가 되지 않았다. 어차피 누가 대장이든 달라질 것이 없었다.

－플리니 대공이 레푸스 대공을 지지하는 의미로 나를 비롯한 몇 명을 파견하셨다. 이 전쟁은 작은 전쟁이 아니야. 다시 스타인을 하나로 만드는 위대한 전쟁의 출발이 될 것이다. 우리는 이 나라에서 제국의 기운을 몰아내게 될 것이다.

－슈타이어의 세 용사다.

뒤늦게 그렇게 외치는 사람이 나왔다. 병사들은 갑자기 눈을 들어 대장을 보았다. 그는 쑥스러움을 감추기 위해 더 근엄한 표정을 지었다.

－그렇다. 나는 슈타이어의 세 용사 중 하나로 불리고 있다. 그걸 안다면 따를 마음이 생기는가?

－이름 없는 대장보다야 낫습니다.

누군가가 그렇게 대답하자 한 바퀴 웃음이 돌았다. 제이는 분위기를 맞추기 위해 억지로 소리 내어 웃었다.

당연한 이야기이지만 그들을 위한 숙소는 따로 준비되지 않았다. 바닥에 짚을 엮어 만든 침상이라도 깔아 주는 게 그나마 배려한 일이었다.

밤이 되니 선선하기보다는 쌀쌀해졌다. 그들을 한데 모아 놓고 가장자리에는 화톳불을 두른 다음 병사들이 지켰다. 불 주변에서 자는 사람만 온기를 느낄 수 있었다.

제이는 병사들이 자는 사람을 보호한다지만 실제로는 반대라는 것을 알았다. 도망자가 나올까 불을 밝히고 밤새 감시하는 것이다. 제이는 침상 옆에 놓아둔 꺼끌꺼끌한 갑옷 표면을 쓰다듬었다. 춥고 낯선 분위기에서 도무지 잠들 수 있을 것 같지 않았다.

추위 때문에 몸을 웅크리고 겨우 잠들었다 싶었는데 나팔 소리가 울렸다. 햇볕은 몸을 비추는 시늉만 할 뿐이라 몸이 따뜻해지지 않았다. 모제스라는 이름의 대장은 몸소 그들의 침상까지 와서 인원을 점검했다.

그날 오전에는 행군하는 법, 명령에 따라 움직이는 법을 먼저 배웠다. 그리고 오후에는 갑옷을 입고 창을 쥐고 찌르는 법을 배웠다. 갑옷은 어제 만져 보았던 대로 거칠었고 살갗을 파고들었다. 본래 입고 있는 옷 겉에다 입어도 움직이면 살이 쓰라렸다.

－교육은 끝났다.

회의를 위해 모제스가 먼저 떠나자 부관이 나머지에게 알렸다. 시간은 이미 저녁이었고 제이는 멀건 수프도 허기가 지니 맛있다고 생각하면서 그 말을 들었다. 다른 부대원들은 동요했다.

－이제 겨우 하루 훈련을 받았는데요?

－그다음부터는 자기 하기 나름이야. 내일 아침 해가 뜨면

오레스테스 공국으로 진군이다.

제이는 군대에 대해서 잘 몰랐다. 그러나 그가 알기로 병사들에게는 사기라는 것이 있었다. 갑자기 끌려와서 사람 취급도 못 받는 이들에게 그런 것이 있을 리가 없었다. 그런데 이들을 데리고 승리할 수 있다는 말인가?

다음 날 아침 드디어 레푸스 대공이 나타났다. 혈색이 좋고 몸이 비대했다. 정확히 말하면 팔다리는 가늘고 배가 불룩했다. 그는 병사들에게 무어라고 연설을 했지만 제이는 뒤쪽이라 잘 들리지 않았다.

그러다가 앞쪽에서 환호성이 나왔고 멋모르는 뒤쪽 사람들도 따라서 소리쳤다.

- 레푸스 왕 만세.

대공이 아니라 왕이라고 외친 것은 확실했다. 레푸스 대공은 멀리서 흐뭇하게 듣고 있었다. 얼굴이 자세히 보이는 것은 아니었지만 분명히 미소를 짓는 것 같았다.

오레스테스 공국은 멀지 않았다. 황제는 스타인을 쪼개면서 레푸스 옆에 사촌 오레스테스를 붙여 놓았다. 황제가 파견한 아크마트와 함께 레푸스를 견제하라는 의미였다.

국경이라고 불리는 곳을 통과하면서도 제이는 그 사실을 알지 못했다. 나중에 한참 지나고 나서 모제스가 말해 주기까

185

지 아무도 몰랐다.

－우리는 아까부터 전쟁 상대인 오레스테스 공국 영토 안에 들어와 있다.

스타인 사람들에게 영토 분할은 뜬구름 잡는 이야기였다. 그들은 여전히 원하면 이웃 나라에 속한 마을에 자유롭게 갈 수 있었다.

마을 옆을 지날 때는 사람들이 모두 나와서 그들을 구경했다. 조금 더 멋진 모습으로 지나가면 좋았을 뻔했다. 구경꾼들은 실망한 모습을 감추지 않았다.

－저런 게 군대야? 이야기에서 듣던 거랑 너무 다르잖아? 거지인 줄 알았어. 난 막 갑옷이 번쩍번쩍할 줄 알았는데.

어머니는 아이의 입을 막았다.

－그런 말 함부로 하면 큰일 나.

제이를 비롯한 병사들도 직접 겪기 전에는 그렇게 생각했었다. 그러나 전쟁 준비가 되어 있지 않은 스타인 공국의 병사라면 어쩔 수 없었다. 아버지가 죽은 충격에 충동적으로 전쟁을 일으킨 사람 밑에서는 어쩔 수 없었다.

대부분은 멍하니 지켜보는 정도였지만 간혹 그들을 응원하는 이도 있었다. 그들은 스타인 왕국 만세를 외쳤다.

오레스테스 공국의 성은 본래 오레스테스가 살던 성이기

도 했다. 오레스테스는 제국이 뒤를 봐주니까 마음을 놓고 있었다. 그래서 성은 변변한 방어 시설조차 없었다. 본래 거주를 위한 목적 그대로 커다란 몸을 고스란히 드러내 보였다.

슈타이어의 세 용사, 슈타이어와 베르크만과 모제스는 대공과 전략을 상의했다.

먼저 얼굴에 난 흉터가 눈에 띄는 베르크만이 말했다.

－저 정도 성이라면 반나절로 충분합니다.

슈타이어도 그 생각에 동의한 다음 단서를 붙였다.

－지금 공격하면 금방 해가 질 것입니다. 우리 병사들은 급조되어 야간 공격에 익숙하지 않습니다. 종일 행군하느라 지쳐 있기도 하고요. 오늘 밤에는 습격당하지 않을 만큼 떨어져서 쉰 다음 내일 결판을 봐야 합니다.

레푸스 대공은 본래 군사에 관심이 많은 사람이 아니었고 경험도 없었다. 그의 전쟁 참모인 마르쿠스는 본국에 남았다. 그래서 망설임 없이 한때 까마귀 발톱의 소대장이었던 슈타이어의 의견을 받아들였다.

－그렇다면 내일 선봉은 저희 부대에게 맡겨 주십시오.

그렇게 나선 것은 모제스였다. 그는 허리춤에 찬 몽둥이로 적의 머리를 내려칠 기대에 차 있었다. 모제스의 부하들은 대장의 결정도 모르고 피로에 지친 몸을 땅에 대고 잘 준비를 하는 중이었다.

그때쯤 오레스테스 공국의 성에서도 밤새 회의가 열렸다. 사촌의 엉성한 부대를 확인하고도 오레스테스는 두려움에 떨었다.

─아크마트 대공으로부터 아직도 소식이 없나?

─움직이는 데 시간이 필요하다고 기다리라고 합니다.

눈치 빠른 오레스테스는 언제까지 기다려야 하는지 정확하게 알고 있었다. 그는 우리가 먼저 공격당해 명분이 생기는 것을 바라고 있겠지. 레푸스가 우리 성을 점령하는 순간 응징한다는 목적으로 나타날 것이다. 어차피 나는 황제나 아크마트의 입장에서 버리는 말이니까.

─이렇게 된 이상 야습을 하는 게 어떨까요? 저들은 아침부터 저녁까지 걸어오느라 지쳐 있을 겁니다.

─야습?

─그렇습니다. 소규모 병력으로 휘저어 놓아도 당황해서 우왕좌왕할 겁니다.

─하지만 우리도 그런 싸움에 익숙하지 않아. 그런 건 훈련된 병사들로 하는 거지. 그보다 그것은 잘 준비되었나?

자신의 홀쭉한 배를 바라보며 오레스테스가 물었다. 그렇다는 대답을 듣자 오레스테스가 희미하게 웃었는데 그 속에서 기대보다는 씁쓸함만 느껴졌다.

편안히 자는 사람보다 잠을 설치는 사람이 더 많았던 밤이 지나자 해가 다시 떠올랐다. 결전을 알리는 조용하고 거대한 신호이기도 했다.

모제스가 절그렁거리는 자루 두 개와 함께 병사들 앞에 나타났다.

ㅡ우리가 선봉을 맡았다. 그리고 대공께서 우리의 용기를 치하하여 이것을 주셨다.

자루에서 나온 것은 금속으로 된 투구였다. 한눈에도 오래되어 보이는 물건이었지만 녹이 슬지는 않았다. 한때 레푸스의 아버지 무스텔라가 남긴 병사 50명을 위한 물건이었다. 마르쿠스가 부하들을 닦달해서 관리한 덕분에 겨우 남은 유산이었다.

제이는 풀리지 않도록 투구의 턱 끈을 조여 매고 창을 들었다. 병사들이 채비를 마치자 모제스가 그들을 모았다.

ㅡ우리의 역할은 적의 성 가까이 제일 먼저 접근해서 동태를 살피는 것이다. 만약 적이 제대로 반격하지 못한다면 그대로 성벽을 타고 올라간다.

모제스의 손에는 갈고리가 달린 밧줄 꾸러미가 들려 있었는데 병사들은 모두 처음 보는 물건이었다.

-성공한다면 명예가 보장되는 일이지. 자자손손 들려줄 이야깃거리가 될 거다.

모제스는 한때 갈색 마을을 지키는 자경단의 우두머리였다. 그에게는 싸움이 익숙했다. 그러나 부하들은 그렇지 않았다. 그들의 얼굴은 두려움에 젖어 부어 있었다.

막 출전하려는 참에 전령 역할을 맡은 사람이 달려왔다. 그는 세상 공기를 다 삼키려는 사람처럼 헐떡였다.

-혹시 여기 제이, 제이라는 사람이 있습니까?

-접니다.

제이는 자기도 모르게 손 대신 창을 치켜들었다.

-당신, 당신이 카라라 님의 도제인가?

-그런데요?

-어서 날 따라와.

그는 제이를 이끌고 레푸스 대공 앞까지 갔다. 제이는 고개를 숙이느라 얼굴을 자세히 볼 수 없었다. 슬쩍 눈을 들어도 과실주로 만들었다는 소문의 둥근 배까지만 보였다.

-이자인가?

레푸스의 목소리는 외모와 다르게 가늘고 신경질적인 구석이 있었다.

-그렇습니다.

─ 얼른 데리고 가게.

제이는 영문도 모른 채 전령에게 끌려갔다.

─ 자네는 운이 좋았어.

대장장이 카라라는 전쟁이 시작되면서 레푸스 공국으로부터 오랜만에 제대로 된 주문을 받았다. 레푸스 대공은 카라라에게 잘 보여야 했고 카라라도 그 사실을 모르지 않았다. 카라라는 자기 도제가 될 사람이 징집되었다는 소식에 노발대발했다. 그래서 본국에 남은 마르쿠스가 전령을 보내 제이를 데리고 오게 했던 것이다.

─ 저를 버리지 않으시다니.

감격에 찬 제이는 투구를 내려놓고 전령과 함께 돌아가느라 조금 전까지 자기 옆에 앉았던 자가 내지르는 비명을 듣지 못했다.

오레스테스 대공의 아버지이자 무스텔라 왕의 동생은

형과 함께 사냥을 나갔다가 말 위에서 떨어져 발을 다쳤고

이후로 침상을 벗어나지 못한 채 생을 마쳤다.

레푸스가 다섯 살, 오레스테스가 세 살 때의 일이었다.

스타인이 사실상 망하기 5년 전의 일이었다.

그는 죽기 전 사력을 다해 고개를 들어 자신의

감염된 발을 확인한 다음 이렇게 말했다고 한다.

-발 한쪽이 퉁퉁 부었네.

땅을 다시 걸으면 어색하겠는데?

X

은둔을 마친 아리셸리스가
제국 땅에 모습을 드러낸다

아리셀리스는 황폐해진 양배추밭을 보았다. 모두 속살이 파이고 심지가 드러나 있었다. 그를 잡으러 온 마법사 군대를 묶느라 생긴 흔적이었다. 처음부터 그런 목적으로 마법을 부여해서 심었다지만 마음이 아팠다.

바닥에 주저앉아 날아간 파편 하나를 주워서 씹었다. 쓴맛과 단맛이 한꺼번에 입안에 배었다.

-너는 그래도 역할을 다했으니 좋겠구나. 나는 어디로 가야 할까?

양배추 조각에 말을 걸기가 민망해져 아리셀리스는 먹다 남은 조각을 던졌다.

그에게 남은 길은 아직 몇 가지 있었다.

더 구석진 곳으로 숨어들 수도 있었다. 그러나 요새 마법사들은 새를 조종해서 외진 지역을 통째로 살피거나 하는 수법을 사용했다. 오히려 외진 곳일수록 감시에 걸리기 좋았다. 그것도 그렇고 아리셀리스는 숨어서 살아야 할 시한이 끝난 것을 느꼈다.

그렇다면 아예 마법사 왕국으로 돌아갈 수도 있었다. 그리고 형을 도와서 다른 가문을 누를 수도 있었다. 이제 아무도 그에게 독약을 먹일 수 없을 것이다.

아니면 사람이 많은 곳에 숨을 수도 있었다. 제국이라면 어떨까?

아리셀리스는 자신을 추격하러 왔던 군대를 돌려보냈고 경고하러 왔던 루비 카르멘에게 애인과 양딸 타마스를 맡겼다. 그러고 나서 정작 자기는 밭에서 3일 밤낮을 뒹굴며 목적지를 생각했다.

가끔 오다가다 안면을 익힌 사람들이 말을 걸었다.

— 아니, 밭이 왜 그 모양입니까?

— 짐승들이 와서 다 처먹었습니다.

— 하이고, 이렇게 많은 것을? 무슨 군대가 와서 휩쓸고 지나간 것 같네.

— 군대지요, 군대.

그렇게 대답하고 아리셀리스는 망연자실한 사람처럼 누워 버렸다. 그러면 대개 말을 건 사람들은 딱한 눈빛을 보내며 지나갔다. 배가 고프면 적당히 조각난 양배추를 주워 먹으며 버뎠다.

형 라토는 죽어 가고 있다고 했다. 루비 카르멘이 와서 그렇게 전해 주었다. 아리셀리스가 증상을 들건대 불균형은 극에 달해 있는 듯했다. 라토는 자신의 몸이 무너지지 않게 버티느라 대부분의 힘을 쓰고 있을 것이다.

─멋지게 헤어지고 끝이라고 생각했는데. 형답지 않게 내 도움이 필요하게 되다니.

다른 선택들은 형을 살리고 난 다음에 해도 될 것이다. 아리셀리스는 마침내 마음을 굳히고 일어났다. 그다음 바람에 몸을 맡기니 몸은 저절로 떠올랐다. 사람들이 보지 않을 때마다 날듯이 움직이니 눗과 루 도인 땅은 순식간에 멀어졌다.

그는 제국 땅에 들어서자마자 머리카락을 목 언저리에서 더 짧게 잘랐다. 하얗게 센 머리는 어쩔 수 없다 하더라도 길게 기르는 것은 너무 마법사 같았다. 마법으로 만든 칼로 대충 덜컥 자르는 바람에 머리는 제멋대로 뻗쳤다. 마법사의 상징인 케이프는 숨어 살기 시작한 시점부터 벗어서 땅에 던진 터였다.

그는 제국의 북서쪽을 가로질러 목적지에 도착할 예정이었다. 필요하다면 애커나 젤레즈니 쪽으로 우회할 수도 있었다. 그러나 작은 나라일수록 낯선 이에 대해 관심이 많았다. 반대로 제국의 광활한 땅은 사람을 만나지 않고 통과하기 편했다.

그의 목적지는 대장장이 신의 신전이었다. 이왕 형을 찾아가서 살려 놓으려면 대장장이 왕이 필요했다. 형이 그에게 심어 놓은 것들을 꺼내서 돌려 놓아야 했다. 대장장이 왕이 순순히 설득당할지는 모르겠지만 일단 만나서 과거의 인연에 호소하는 것 외에 다른 방법은 생각나지 않았다.

– 저런, 안타깝게 되었군요.

사제장이 사연을 듣고 나서 말했다. 그는 콧수염이 동그랗게 말린 사람으로 겉보기에는 매우 야비하게 보였고 아리셀리스를 속이려는 것 같았다. 대화를 조금 나눈 뒤에야 의심을 풀 수 있었다.

얼마 지나지 않아 한때 대장장이 왕이었던 오카브가 합세했다. 사제장은 기다렸다는 듯이 그를 대변인으로 삼았다.

– 일어난 일에 대해서는 우리도 알고 있습니다. 루비 카르멘 님이 오셔서 대장장이 왕께 모든 일을 설명하셨지요. 대장장이 왕께서도 기꺼이 마법사 왕의 힘을 돌려주겠다고 하셨습니다. 다만.

– 다만요?

아리셀리스가 무심코 되물었다.

– 그런 힘을 다룰 수 있는 것은 아리셀리스 님밖에 없다고

하셨습니다. 그러니 다른 이의 손에는 맡기지 않는다고 하셨습니다.

－잘되었군요. 대장장이 왕은 지혜로운 선택을 하셨습니다. 그래서 제가 직접 왔습니다.

－그런데 문제인 것이.

사제장이 아끼는 것처럼 보이는 수염을 매만지며 말했다.

－대장장이 왕께서는 여러 가지 목적으로 제국에 가 계십니다. 그중 가장 중요한 목적은 아리셀리스 님을 찾는 겁니다.

아리셀리스는 자신도 모르게 헛웃음을 내뱉었다. 제국 땅에서 대장장이 왕을 찾는데 또 얼마나 많은 시간을 써야 할까?

－옷이 너무 낡았군요.

오카브가 그의 차림을 눈여겨보더니 탈와르에게 말했다.

－사제장, 이분께 새 옷을 내어 드리는 게 어떻겠습니까? 제국까지는 길이 멉니다. 오늘은 날이 늦었으니 잠자리와 식사도 마련하는 게 좋겠습니다.

－그렇게 하지요, 오카브 님.

오카브가 먼저 나가자 사제장이 권유했다.

－여행에 지치셨을 테니 하루 쉬시고 내일 아침에 떠나십시오.

아리셀리스는 예상하지 않았던 호의에 놀라서 승낙했다.

 ─아까 제가 경황이 없어서 사제장님의 이름을 제대로 듣지 못했습니다.

사제장은 여전히 교활하다고 오해할 수 있는 미소를 지으며 대답했다.

 ─탈와르입니다. 루 도인 출신이죠.

그날 밤 숙소에 손님이 찾아왔다. 손에는 작은 꾸러미를 들고 있었다.

 ─오카브 님.

 ─혹시 에이어리, 그러니까 대장장이 왕을 만나게 되면 이걸 전해 주십시오.

 ─이게 뭡니까?

 ─호신용 무기입니다. 팔찌 같은 겁니다.

 ─아, 작은 화살이 나가는 팔찌를 말씀하시는 겁니까?

아리셀리스는 예전에 가르젠이 그 무기를 쓰는 것을 본 일이 있었다.

 ─그렇습니다. 하지만 그건 낡은 무기예요. 화살을 쏘는 장치는 복잡하고 물에만 들어가도 쉽게 고장 납니다. 크기도 너무 커서 뼈밖에 없는 손목에는 어울리지 않지요.

오카브는 가려진 천을 열고 안에 든 팔찌를 보여 주었다. 예전에 보았던 것보다 크기가 훨씬 작았다.

　－정말 작군요. 장식용 팔찌와 비슷한데요?

　－그렇습니다. 이건 화살 대신 작은 총알이 나가게 만들었습니다. 원리를 따지자면 총과 비슷합니다. 에이어리라면 보기만 해도 단번에 알아차릴 수 있을 겁니다. 아니, 그 아이가 만든다면 더 좋은 것도 만들 수 있겠죠.

　아리셸리스는 신기하다는 눈으로 작은 팔찌를 들여다보았다. 그에게는 필요 없는 물건이었지만 여전히 관심이 갔다. 오카브는 친절하게도 팔찌를 손목에 차고 직접 쏴 볼 기회까지 주었다. 세찬 바람 소리를 내며 날아간 총알이 벽에 박혔다.

　－생각보다 강하군요.

　－짧은 거리에서는 위험한 물건입니다. 그 정도면 충분할 겁니다. 그 녀석에게는 가르젠보다 조금 약한 경호원도 있으니까요.

　아리셸리스는 오카브에게 받은 물건을 잘 간직했다가 전해 주겠다고 약속했다.

　오카브는 인사를 하고 나가려다가 덧붙였다.

　－아, 에이어리가 혹시 장치의 이름을 물으면 오카브의 마지막 유산이라고 대답해 주시면 됩니다. 하하하.

　다음 날 오카브와 탈와르가 마중을 나왔다. 그리고 다른 사제들, 오반도와 테커와 할스와 트라이버까지 나왔다. 호문의 이름을 이어받아야 하는 사람은 아직 정해지지 않았다고 했고 가르젠은 제국에 있었다.

아리셀리스는 융숭한 대접에 감사하며 떠났다. 그는 오랜 속설, 신의 사제와 마법사 간의 알력에 관한 이야기를 떠올렸다. 그런 것들은 이제 옛날이야기처럼 여겨졌다.

가벼워진 마음이 몸까지 가볍게 했는지 마법사는 사제들이 눈 한 번 깜박일 사이에 저 멀리 날아가 사라졌다.

아리셀리스가 에이어리를 찾아 제국으로 출발했을 무렵 대장장이 왕은 황태자가 마련한 마차에 오르고 있었다. 데스커드와 가르젠은 나중에 뒤따라오기로 했다. 목적지는 황태자가 머무는 여름 궁전이었다.

여름 궁전은 이름이 암시하듯이 휴양을 목적으로 만들었기에 중심가에서 멀리 떨어진 한적한 곳에 있었다. 황태자가 거기 머물도록 한 것은 팔라스 황제의 선택이었다. 황태자를 권력의 중심에서 떨어뜨려 감시하기도 좋고 다른 마음을 품었을 때 금방 조치할 수 있었다.

황제와 대장장이 왕의 만남은 여러 조건을 감안해 여름 궁전에서 이루어지는 것으로 정해졌다. 에이어리의 숙소에서 마차로 달려 두 시간 정도가 걸릴 예정이었는데 고귀한 신분을 태웠을 때는 급한 일이 아니면 말이 빠르게 걷는 것 이상의 속도를 내지 않게 되어 있어서 시간이 오래 걸렸다.

한편 아리셀리스는 사람들 눈에 띄지 않는 대로 바람을 타고 달렸다. 머리카락이 헝클어져 엉망이 되거나 얼굴이 따가운 것은 신경 쓰지 않았다. 그는 어쩌면 늦었을지도 모른다는 기묘한 예감에 시달렸다.

에이어리가 죽으면 형이 넣어 놓은 힘도 같이 소멸하게 되어 있었다. 그러면 에이어리뿐만 아니라 형의 운명도 끝이었다. 어쩌면 마법사 왕국까지도.

그는 마치 화살처럼 움직였다. 한 곳에서 대포알처럼 날아간 다음 멈춘 자리에서 다음 조준점을 정했다. 앞에 장애물이 없는 것이 확인되면 다시 자기 몸을 쏘았다.

그런 식으로 움직이다가 한 가지 생각을 떠올렸다. 9년 전에는 대장장이 왕의 힘이 깃든 물건으로 가르젠을 찾을 수 있었다. 찾아야 할 범위는 넓지만 같은 방법을 한 번 더 사용할 수 있지 않을까? 그는 제국 땅 한복판에 서서 대장장이 신의 기운을 느끼려고 했다.

아무것도 느껴지지 않았다. 대장장이 왕은 분명히 제국에 있다고 했다. 그러나 그가 신의 힘을 쓰지 않으면 아무것도 발산하지 않았다.

아리셀리스는 발상을 바꾸어 형이 남긴 힘의 기운을 찾을 수 있는지 탐지했다. 놀랍게도 멀리서 희미하고 밝은 기운이 반짝이는 것이 느껴졌다. 마치 라토가 그곳에 머무는 것처럼 뚜렷했다.

그는 다시 사람이 없는 광활한 대지 앞으로 자신을 쏘았다. 전에는 고작해야 하루에 몇 번 정도 힘을 사용했다. 오늘은 벌써 수십 번이었다. 그러나 그렇게 하지 않으면 늦을 것 같다는 예감은 여전히 머릿속을 떠나지 않았다.

마차에 앉은 에이어리 역시 비슷한 위화감을 느꼈다. 마침내 고대하던 순간이 온 것 같았다. 그러나 자신이 무엇을 기다렸는지 당장 기억이 나지 않았다. 에이어리가 낯선 느낌에 몸을 떨 때 고막을 터뜨릴 만한 소리가 마차 바닥부터 튀어나와 그를 삼켰다.

에이어리는 몸이 공중에 떠오르는 것을 느꼈다. 몸은 아주 천천히, 아주 천천히 땅에서 멀어졌다. 그의 뺨을 짓누르는 공기도, 그리고 그가 타고 있는 마차도 같이 떠올랐다. 귀, 소리는 조금 전의 충격으로 들리지 않아서 사방이 고요했다.

에이어리의 눈은 금방 촉촉하게 젖었다. 만약 눈물이 눈에서 멀어진다면 땅으로 떨어지는 것이 아니라 솟구칠 것 같았다. 에이어리는 움직이지 않으려는 손을 뻗어 아무거라도 잡으려고 했다. 하지만 그를 하늘로 끌어당기는 힘은 반항을 허용하지 않았다.

볼이, 손등이, 팔목이, 종아리가 따가웠다. 설핏 붉은 기운을 본 것도 같으나 확실하지 않았다. 오카브의 유산이 꽉 죄어 손목이 참을 수 없이 아팠다.

－아아.

입에서 들리지 않는 소리가 나왔다. 무거운 공기가 소리를 다 흡수해 버렸다. 에이어리는 눈을 감지 못했는데 한번 감으면 다시는 뜨지 못할 것만 같았다. 눈은 갑자기 습기가 메마른 것처럼 따가워졌다.

우연히 그 장면을 목격한 행인의 눈에는 모든 것이 명확했다. 그는 호화로운 마차가 어색하게 포장된 시골길을 달리는 것을 보았다. 그리고 다음 순간 폭발이 일어나 마차가 하늘로 솟구쳤다.

마차의 구성품들은 각기 의지를 가진 것처럼 사방으로 달아났다. 그 와중에 마차에 탄 손님도 바깥으로 튕겨 나왔다. 행인은 그를 구하러 달려갔으나 더 빠른 사람들이 있었다. 그들은 검은 옷을 입고 있었다.

－우리가 알아서 할 테니 비켜.

제국 사람이라면 그 옷의 의미를 모르는 사람이 없었다. 행인은 끼어들지 않는 것이 낫겠다고 생각했다. 튕겨 나온 청년의 얼굴을 보고 안됐다고 생각했지만 그것도 잠깐이었다. 까마귀 발톱이 두 번 경고하는 일은 없었다.

검은 옷을 입은 사람들이 순식간에 청년을 둘러쌌다. 행인은 청년의 얼굴을 더 보고 싶어도 볼 수 없었다. 그는 허벅지가 돌처럼 딱딱해지는 것을 느끼며 도망쳤다.

에이어리는 사고를 당하고도 긁힌 것을 제외하면 의외로 큰 상처가 없었다. 대장장이 신의 가호가 몸을 보호해 주는 것 같았다. 그는 눈을 뜨자마자 자신을 둘러싼 사람들을 발견하고 희미하게 웃었다.

─ 왕이시여, 필요 이상으로 많은 것을 알게 되면 생명을 잃는 법입니다.

까마귀 발톱 중 하나가 비웃음과 안타까움을 섞어서 말했다. 에이어리는 얼굴을 찡그리며 대답했다.

─ 너희의 수장이 루 도인이라는 사실 말인가?

에이어리는 목숨이 끊기는 순간에도 입을 다물고 싶지 않았다. 나중에 그를 이어받은 사람들은 책에서 그렇게 배울 것이다. 32대 대장장이 왕은 암살자들 앞에서도 끝까지 하고 싶은 말을 하다가 죽었다. 하지만 아무도 몰라서 책에 남기지 않을까 봐 불안한 마음도 생겨났다.

- 무슨 소리야?

- 너희 수장은 루 도인이다.

- 무슨 말인가? 우리 수장인 작 님은 인간이다. 루 도인은 피부만 봐도 알 수 있다.

- 그런 걸 감추는 약이 있어. 매일 먹으면 티가 나지 않아. 애초에 작이 온몸을 꽁꽁 싸매는 이유를 생각해 봤어? 들킬까 봐 두려운 거다.

그들은 더 이상 듣고 싶지 않았다. 석궁을 꺼내 장전된 화살을 그대로 에이어리의 목에 박아 넣었다. 한 방으로 부족해서 확실히 하기 위해 한 방을 더 쐈았다. 에이어리의 부드러운 살에서 푹푹 소리가 났다.

그들이 일을 마치고 돌아서는데 한 줄기 굵은 바람이 불었다. 그리고 없던 사람이 갑자기 떨어지듯 나타났다. 그는 지쳐 보였고 얼마 전까지 새것이었던 옷은 긴 여행을 한 사람처럼 해져 있었다. 얼굴은 젊었지만 머리카락은 하얗게 세어 어색하게 보였다.

그는 남들이 방해할 틈도 없이 순식간에 바닥에 쓰러진 청년 곁으로 가서 목에 꽂힌 작은 화살을 보고 다른 사람에게 들리지 않는 말을 중얼거렸다.

- 뭐 하는 거냐? 비켜라.

- 너희들이 대장장이 왕을 죽였구나.

검은 옷을 입은 자들은 서로를 보았다. 죽은 사람의 정체를 안다면 그도 죽여야 했다.

- 그가 어떤 사람인지, 얼마나 많은 짐을 지어야 하는지도 모르면서 죽이다니. 너희들은 스스로 생각할 줄 모르는 어리석은 살인자들이다.

아리셸리스는 바닥에 주저앉아 오열했다. 형을 구하는 일도 그보다 더 큰 계획도 모두 물거품이 되어 버렸다. 그러나 까마귀 발톱은 애도할 시간을 줄 만큼 여유롭지 못한 이들이었다.

- 그럼 너도 대장장이 왕과 같은 길을 가게 해 주마.

그 말을 듣자마자 아리셸리스가 핏발 선 눈으로 적을 노려보았다. 그의 하얀 이는 떨면서 맞부딪쳐 빠드득 소리를 냈다.

그는 손을 뻗어 가장 앞에 보이는 대장의 따귀를 때렸다. 더 정확히 말하면 대장과는 거리가 멀었고 그 앞의 허공을 때렸다. 그러나 바람은 그의 명령을 받들어 덩어리처럼 뭉친 다음 대장의 머리를 때렸다. 그는 순식간에 목이 꺾이면서 옆으로 날아갔다.

남은 부하들은 무엇을 할지 몰라 당황하며 서 있었다. 그들이 방금 본 것은 어떤 훈련에도 없었고 판단을 내리려면 시간이 필요했다.

─마법사다.

비교적 판단이 빠른 까마귀 발톱이 외쳤다. 외친 사람도 그렇게 강한 마법을 쓸 수 있는 사람이 세상에 존재한다는 것은 처음 알았다. 그런 마법은 용이나 전설 속에 나오는 영웅이 쓰는 것이었다. 앞에 있는 부랑자는 아무리 보아도 그렇게 대단한 존재가 아니었다.

그대로 도망쳤다면 암살자라고 해도 목숨을 건졌을 것이다. 아리셀리스는 대장장이 왕의 상태에 관심이 있었다. 오직 그 마음뿐이라 까마귀 발톱은 걸리적거리기만 했다.

안타깝게도 까마귀 발톱들은 증인이 남았을 때 도망치면 안 된다고 배웠다. 아리셀리스는 망설이지 않고 땅에서 흙과 돌로 된 투창 두 개를 뽑았다. 두 개의 창은 자석처럼 날아가 까마귀 발톱들의 가슴에 꽂혔다.

남은 둘 중 하나는 대장이 맞은 것과 마찬가지로 바람을 맞고 날아갔다. 마지막으로 남은 한 명은 그 틈을 타서 칼을 뽑고 달려들었다. 그가 마음에 들지 않는 것처럼 땅에서 나온 커다란 주먹이 그를 쳤다. 그리고 땅에 널브러진 그를 담요처럼 위에서 덮어 눌렀다.

마법을 과다하게 사용하는 바람에 아리셀리스는 숨이 막힐

지경이었다. 그는 기다시피 대장장이 왕에게 다가섰다. 9년 만에 다시 만난 대장장이 왕은 잠을 자는 것처럼 누워 있었다. 기대했던 것보다 훌륭하게 자란 모습이라 자기도 모르게 웃음이 나왔다.

아리셀리스는 대장장이 왕의 목에 꽂힌 화살 깃을 살짝 건드리고 나서도 웃음을 그치지 않았다.

◆

여름 궁전이라는 이름은

황제의 별장이 처음 세워지고 나서

그곳에 초청받은 시인의 입에서 나왔다.

그는 유리창이 사면을 감싸는

건물의 눈부신 광경에 취해서 노래했다.

얼음을 잘라서 쌓아 놓으니

겨울의 잔해요, 여름의 궁전이다.

◆

XI

나, 이름을 밝힐 수 없는 관찰자가

어리석은 전쟁을 지켜본다

나는 인간이 숨기려는 것을 보고 들을 수 있는 능력을 받았다. 벌써 몇백 년이나 된 일이다. 아무리 깊고 어두운 곳에 숨어 움직이고 속삭일지라도 소용이 없다. 내게는 대낮에 광장에서 소리치는 것과 같이 뚜렷하다.

　그러나 이 능력은 내게 기쁨보다는 슬픔을 준다. 나는 인간에게 질려 버렸고 본래대로라면 예전에 미쳐 버려야 마땅했다. 대장장이 신께서는 그렇게 끝나는 것을 허용하지 않으셨다.

　-너는 저지른 일의 마지막을 네 눈으로 직접 보아야 한다.

　나는 휴식 없이 밤낮으로 인간사의 진행을 보아야 한다. 다행인 점은 이제 마지막 날이 그리 오래 남지 않았다는 것이다. 에이어리가 모든 것을 끝내는 날이 올 것이다. 그러면 나도 자유가 되고 영원한 안식에 들어갈 수 있다.

　에이어리가 성장하고 교육을 받던 지난 8년은 비교적 조용한 날들이 이어졌다. 그사이에도 인간들의 탐욕은 강탈과 살인을 멈추지 않았으나 가장 큰 죄악인 전쟁은 없었다.

그리고 이제 에이어리가 한 사람 몫을 감당할 수 있게 되자마자 일이 터졌다. 배가 불룩한 왕자는 아버지의 죽음을 견디지 못하고 전쟁을 일으켰다. 나는 그의 생각을 전부 알 수 없지만 감정을 어느 정도 느낄 수는 있다. 예전에도 말했던 바이다.

왕자는 어려서부터 아버지로부터 세뇌를 당하듯 같은 말을 들으며 자랐다.

─빼앗긴 나라를 되찾아야 한다.

그 말은 어린 왕자의 정신이 견디기에 너무 무거웠던 것 같다. 그래서 왕자는 도피 수단을 찾고 또 찾다가 마침내 발견했다. 파르바 과실주는 나도 맛을 느낄 수 있는 몸이 있던 시절에 마신 적이 있다.

일단 냄새는 달콤하면서도 독하게 코를 막아 버리는 향이 섞여 있다. 투명하다기에는 진하고 진하다기에는 속이 비친다. 첫맛은 달콤함과 쓸쓸함과 신맛이 섞여 개운하지 못하다. 그러나 두 번째 모금부터는 묘하게 세 맛이 어우러져 입속 피부를 당긴다.

어린아이가 알기에는 깊고 오묘한 맛이다. 세상이 복잡하다는 것을 너무 일찍 알아챈 왕자라면 빠질 수도 있는 맛이다.

그래도 레푸스 왕자는 어리석다. 어째서 자신을 압박하던 아버지가 죽자마자 나섰는가? 더 기다리고 기다렸으면 때가 무르익었을 것이다. 세력이 생긴 다음에 나섰으면 결과가 좋았을 것이다.

나는 운명의 실타래가 양쪽으로 뻗어 있는 것을 보았다. 전쟁을 일으키지 않고 슬픔을 삼키는 쪽으로 뻗은 줄기가 더 강하게 빛나고 있었다. 그런데 레푸스는 순간의 충동을 이기지 못하고 반대쪽으로 갔다.

덕분에 나는 오레스테스 공국의 작은 성 위에 와 있다. 양측은 저녁을 지어 먹느라 아무 충돌이 없다.

군대를 급하게 만들어 오느라 레푸스의 진영은 모든 것이 엉망이다. 낮에 모제스가 이끄는 한 무리가 성 주변을 어슬렁거리다가 아크마트 대공이 지원한 대형 석궁 맛을 보고 꽁무니를 보이며 달아난 다음부터는 사기가 바닥까지 떨어져 있다. 전쟁의 첫 사망자들은 몇 시간 지난 뒤에야 겨우 수습되어 대충 얕게 판 땅에 묻혔다. 대공이 병사들의 사기가 떨어지지 않게 서둘러 처리하라고 명령한 탓이다.

저녁 식사가 끝나자 레푸스 대공의 천막에서 그와 슈타이어의 세 용사가 계획을 짠다. 들어 보니 밤에 오레스테스의 성에 침입할 예정이다. 하기는 오레스테스를 납치해서 돌아오면 전쟁은 곧바로 끝난다.

낮에 석궁 맛을 보고도 생각한다는 전략이 고작 그 정도다. 레푸스에게는 제대로 된 작전 참모가 없다. 슈타이어의 세 용사가 싸움은 잘하겠지만 전쟁을 지휘한 적은 없는 치들이다.

그들은 이제 함께할 정예 병사를 뽑느라 바쁘다. 나는 다시 밤하늘을 날아 반대편 진영으로 간다. 오레스테스는 어머니와 누이와 함께 평소와 다름없는 식사를 즐기고 있다.

즉, 아주 불편한 식사를 하고 있다. 어머니는 며칠째 같은 문제로 오레스테스의 속을 불편하게 만든다.

– 너는 신중하지 못했다, 오레스테스. 그래서 전쟁이 일어나게 된 거야.

평소에 고분고분하던 오레스테스도 그쯤 되어서는 반항하는 것이 당연하다.

– 그런 것이 아닙니다, 어머니. 레푸스는 미쳤어요. 미친놈이 벌이는 짓을 제가 어떻게 막는단 말입니까?

옆에서 그의 누이가 거든다.

– 오빠 말이 맞아요, 어머니. 그때 그 눈을 보셨잖아요? 오빠는 불쌍하게도 따귀까지 맞았으니 그만하세요.

따귀라는 말만 듣고도 오레스테스는 몸을 움찔 떤다.

오레스테스는 어머니의 잔소리 말고도 걱정할 것이 많다. 음식이 속에 들어가도 도무지 위장이 움직이지 않는다.

오레스테스는 엄격한 기준으로 보지 않아도 훌륭하거나 믿음직스러운 인물은 아니라고 할 수 있다. 그러나 그는 무기력한 만큼이나 무해한 인물이다. 그저 주둥이를 경박하게 나불대어 남의 심기를 불편하게 할 뿐이다. 평화로운 시대에 태어났다면 적당히 소일하다가 땅에 묻혔을 것이다.

식사를 마친 오레스테스는 참모들을 만나 몇 번이나 묻는다. 아크마트의 지원군은 언제 도착할 예정인가. 모든 것을 보는 나는 정답을 알고 있다. 아크마트는 아직 지원군을 보내지 않았다.

– 지원군을 보낼 기미는 없습니다.

참모 중 하나가 나를 대신한 것처럼 대답한다.

– 어째서?

낮부터 같은 질문과 대답이 반복되는 중이다.

내가 대신 말해 주고 싶다. 아크마트는 그대의 운명에 아무 관심도 없어. 오히려 레푸스의 정복이 성공적으로 끝나면 트집을 잡아 두 공국을 한꺼번에 삼킬 예정이지.

– 그들에게 저희가 무슨 의미가 있겠습니까? 우리는 그저 죽도록 지킬 따름입니다. 레푸스의 어설픈 병사들도 오래 버

티지는 못할 겁니다.

　―그, 그렇겠지. 그렇다면 만약 그전에 여기가 점령된다면 어떻게 되나? 설마 레푸스가 약탈 같은 짓을 저지르지는 않겠지?

　―그건 잘 모르겠습니다. 아마도 그런 일은 없을 겁니다.

　나는 그런 말을 하는 참모의 마음을 슬쩍 들여다본다. 그는 오레스테스의 목에 밧줄이 걸려 높이 매달리는 모습을 상상하고 있다.

　오레스테스가 두려워하는 사이 슈타이어의 세 용사는 준비를 마친다. 그들은 어둠을 틈타 성에 접근할 것이다. 야생 동물이나 작은 괴물이나 도둑을 막기에나 적합한 낮은 성벽을 타 넘을 것이다. 그리고 곧바로 오레스테스를 잡으러 오겠지.

　나는 이런 신세가 되고 나서 수많은 전쟁을 보았다. 공통점이 있다면 인간들은 전쟁을 일으킨 명분을 만들고 싶어서 안달이었다. 각자 자신이 올바른 입장이라고 알리고 싶어 바락바락 소리를 질렀다.

　그런 짓거리가 무슨 의미가 있겠는가? 전쟁이란 상대가 마음에 들지 않아서 무력으로 때리는 것이다. 개인과 개인의 문제라면 도덕심이나 형벌에 대한 두려움이 폭력을 사용하는 것을 말린다. 나라와 나라의 문제라면 그런 것들은 작동하지 않는다.

우리가 힘이 더 센 것 같은데 너희들이 마음에 들지 않으니 때리겠다. 우리는 사람을 찌르고 죽이는 것도 불사할 만큼 이기적인 인간들이니까. 그런 마음이 없는데 어떻게 전쟁이 일어날 수 있겠는가? 그런데 그런 마음으로 전쟁을 일으켜 놓고도 헛된 핑계를 만들기 급급한 것이다.

정말 승부를 가리는 것이 중요하다면 카드나 주사위로도 충분하다. 단판에 결정되는 것이 불만이라면 각자 천 명이나 만 명쯤 동원하면 된다. 그래서 게임 결과를 모아서 더 많이 이긴 쪽이 승리하는 것이다. 물론 그런 일은 여태 일어난 적이 없었고 앞으로도 없을 것 같다.

그런 방식으로는 사람들이 납득하지 않으니 결국은 전쟁뿐이다. 살을 베고 피를 뿌리고 뼈를 부순 다음에야 인정한다.

에이어리가 관심을 받는 것도 그런 까닭이다. 에이어리는 무기를 만들 수 있다. 손가락 하나를 움직여 수백 명을 죽일 수도 있다.

대장장이 왕이 전쟁에 참여하면 어떤 일이 벌어지는지 그의 스승이 알려 주었다. 오카브는 밤을 꼬박 새우며 모든 무기와 함정을 직접 만들었다. 혼자서 제국 병사 만 명과 상대하기 위해서였다. 카부스빌의 낮은 구릉과 연결된 분지에서 벌어진 일이었다.

오카브는 제국 군대를 향해 자신이 만든 모든 무기를 일시에 쏟아부었다. 그러나 내가 알기로 오카브는 그들을 모두 죽일 생각이 아니었다. 한바탕 공격이 끝난 뒤에 오카브는 사실 무방비 상태로 서 있었다. 그는 고통과 허무함으로 자기 몸을 아낄 생각조차 하지 않았다.

그러나 제국군은 가축처럼 도륙되는 전우를 보고 감히 앞으로 나아갈 생각을 하지 못했다. 제국군이 도망간 자리에 오카브만 남았다. 오카브는 그 자리에 가만히 앉아서 죽음을 기다리기로 했다. 뒤늦게 나타난 가르젠이 혼이 빠진 것처럼 보이는 그를 억지로 들고 가지 않았으면 그대로 죽었을 것이다.

지금도 오카브는 살아 있지만 죽은 사람처럼 행동한다. 젤레즈니 여왕을 만나러 가기 꺼리는 것도 그런 이유에서다. 지난번에는 어쩌다 용기를 내었다지만 결국은 젤레즈니 왕국의 영토도 밟지 못했다.

하지만 나는 두 사람의 운명의 실을 볼 수 있고 둘은 어쨌든 다시 만날 것이다. 둘 다 살아서 대화를 나눌 수 있는 상태로 만나게 될 것이다.

내가 이야기하는 동안 시간이 지나 슈타이어의 세 용사는 가려 뽑은 부하들과 성벽 밑으로 접근한다. 아무리 어두워도 내 눈에는 그들이 선명하게 보인다. 감추려고 해도 거친 숨소리가 들린다. 그들은 언제부터인가 침을 삼키는 것도 잊고 있다.

그들은 성벽 아래의 사각에 몸을 숨긴다. 침입을 막기 위해 성 밖에 연못도 만든다지만 오레스테스의 성은 예외이다. 본래 귀족이 편하게 지내기 위한 목적이지 방어용 성이 아닌 까닭이다.

횃불을 들이대고 보아도 확인하기 어려운 틈을 슈타이어와 부하들이 기어오른다. 성탑과 좁은 각을 이루는 벽은 그들을 숨겨 주고 몸을 지탱하기 쉽게 해 준다. 그들은 성벽을 이루는 돌 사이에 임시 발판을 만든다. 정작 경비병이 그 근처를 지나는 일은 한 시간에 두 번꼴이다.

마침내 앞선 슈타이어가 모든 발판을 완성하고 그들은 한 명씩 성을 타 넘는다. 발판은 돌아갈 길을 위해 그대로 있다. 만약 오레스테스를 납치하는 데 성공한다면 필요가 없어질 것이다. 그들은 오레스테스의 목에 칼을 대거나 밧줄을 걸고 유유히 빠져나올 것이다.

성안은 온통 어둠뿐이라 평소에 거기 머무는 사람이라도 더듬지 않고는 한 발자국도 나갈 수 없다. 슈타이어는 플리니 대공을 따라 그곳을 방문한 적이 있다. 성안 지리에 익숙하다는 주민 몇을 매수해 대략 지도도 그려 놓았다.

그래도 완전한 어둠 속에서는 방향을 찾지 못하고 헤매는 법이다. 나는 그들이 같은 장소를 세 번이나 도는 것을 즐거운 마음으로 구경한다.

슈타이어는 한때 까마귀 발톱의 소대장이었던 사람답게 결국 길을 찾는다. 뒷사람들은 앞사람의 자취를 더듬으며 간신히 그의 뒤를 따른다.

마침내 침입자들이 오레스테스와 가족들이 잠들어 있는 건물에 접근한다. 경비라고 할 수 있는 이들은 문만 지키고 있다. 슈타이어는 공식적인 방문자가 아니므로 문을 피해 창문으로 들어간다. 성벽을 넘는 것에 비하면 쉬운 일이다.

그렇게 그들은 오레스테스의 침실을 찾았다. 슈타이어가 살짝 문을 밀어 보니 문은 잠겨 있지 않다. 오레스테스를 탓할 수는 없는 일이다. 하인이 부단히 드나드는 공간이라 귀족들은 누구나 그렇게 한다.

하지만 그는 귀족인 동시에 전쟁에 임한 장군이다. 평소와 똑같은 생활 방식을 유지하는 사치를 누리면 안 된다. 그가 잘못해서 일어난 전쟁이 아니라 레푸스의 트집이었더라도 마찬가지이다. 누가 잘못했는지 따지는 것은 승자의 특권이니 일단 만반의 준비를 하고 이겨야 하는 것이다.

슈타이어는 작게 불을 밝혀 오레스테스의 불안해 보이는 얼굴을 확인한다. 나는 슈타이어가 안쓰럽다는 표정을 짓는 것을 똑똑히 본다.

슈타이어는 손짓으로 부하들에게 명령한다. 베르크만과 모제스가 얼굴을 간신히 확인할 만큼 작은 불을 켜자마자 슈타이어가 오레스테스를 흔들어 깨운다.

－대공, 전쟁입니다.

－무슨 전쟁 말이냐?

오레스테스는 간신히 눈을 떴다가 숨이 막힌다. 슈타이어는 그의 심장이 멎을까 봐 걱정한다.

－어떻게 여기에?

－몰래 침투했습니다. 더 피를 흘리지 않고 전쟁을 끝냈으면 해서요. 대공을 해칠 생각은 없으니 조용히 저희를 따라오시면 됩니다.

슈타이어가 수신호를 보내자 부하들이 퇴각 준비를 한다. 창문을 열고 밧줄로 묶은 오레스테스를 달아 내릴 생각이다. 그들은 문밖에서 작은 소란이 벌어진 것을 뒤늦게 알아차린다. 마침내 문이 벌컥 내용물을 토하듯이 열리고 병사들과 함께 나타난 것은 오레스테스의 가족이다.

그의 어머니가 맨 앞에 서 있고 두 여동생이 고개만 빼꼼 내밀고 있다. 옆에는 참모들이 있지만 대공의 어머니 앞으로 나서지는 못하고 있다.

　- 누군가 했더니 당신이었군.

　오레스테스의 어머니는 당황한 기색이 아니다. 늦은 시간이지만 잠옷이 아니라 옷을 제대로 입고 있어서 아들보다 침착해 보인다. 스타인의 유력자인 르네 대공의 동생다운 모습이다.

　- 이런 식으로 뵙게 되어 유감입니다.

　- 흥, 그런 정치적인 말은 집어치우시오. 목적을 달성했으니 오히려 자랑스럽겠지.

　슈타이어는 겸연쩍게 웃는다.

　- 대공만 빼돌리고 들키지 않는 것이 본래 목적이었습니다. 저희들은 무의미한 희생을 끝내고 전쟁을 마무리하기 위해 온 것입니다. 두 친척이 다툼을 멈추고 나라를 통합하는 것이지요.

　- 그대는 이 전쟁이 어떻게 일어나게 되었는지 잊은 모양이군. 레푸스가 장례식에서 내 아들의 뺨을 때리고 모욕했소. 그것도 모자라서 우리 땅에 군대를 이끌고 왔지.

　거기에 대해서는 슈타이어도 할 말이 없어서 입을 다물었다.

하지만 도덕적으로 우위에 있는 자가 전쟁에서 승리하는 것은 아니다. 결국은 승리한 쪽이 옳다고 기록을 남기고 공표하는 것은 어렵지 않다. 억울하면 이기면 될 일이다.

─어쨌든 이제 두 나라는 힘을 합치게 될 겁니다. 오레스테스 대공은 물론 누구도 해를 입지 않게 할 겁니다.

─그렇지, 오레스테스는 아무 해도 입지 않겠지.

─대신 오늘은 대공을 저희 진영까지 모시고 가야겠습니다. 길을 비켜 주십시오.

─그럴 수는 없지.

─아들의 목숨이 걸린 문제인데 말입니까?

베르크만은 대장의 말에 힘을 주려고 오레스테스를 묶은 밧줄을 살짝 당겨 보인다.

─레푸스가 직접 오지 않으면 역시 구별할 수 없으리라고 생각했지. 내 아들은 겁이 많아서 전쟁 중에도 자기 침대에서 잠들 위인이 못 되거든. 그 아이는 겹겹이 호위를 받으며 병사들과 함께 자고 있지. 그 청년은 아들과 닮은 녀석을 구해서 데려다 놓은 거야.

─그런 식의 기만은 통하지 않습니다.

─아니, 자세히 살피고 비교해 보게. 지난번에 아크마트 대공을 뵈었을 때 그분이 말씀하시길 레푸스가 의지할 수 있는

것은 슈타이어의 세 용사뿐이라고 하셨지. 그러니까 우리는 당신들의 행보를 어느 정도 예상했어.

어머니와 누이들 틈에서 오레스테스 대공이 모습을 드러낸다. 처음부터 입고 잤던 것처럼 무장을 완전히 갖춘 모습이다. 슈타이어는 그를 본 다음 자신이 잡은 대공을 본다. 외모는 생각했던 것 이상으로 비슷하다.

슈타이어가 남들 앞에서 멍청한 표정을 보이는 것은 자주 있는 일이 아니다. 내가 낄낄거리며 비웃는 것을 아무도 듣지 못해서 유감이다.

– 대장, 상관없습니다. 진짜 오레스테스도 저기 눈앞에 있습니다.

베르크만이 손에 쥔 단검을 고쳐 쥐며 말한다. 슈타이어는 눈으로 거리를 잰다. 그러나 오레스테스와 가족은 어느새 뒤로 빠지고 장교들이 앞을 막는다. 뒤에 있는 병사들이 작은 석궁을 조준하고 있다.

– 창문 쪽은 어떨까요?

모제스가 다가가서 슬쩍 커튼을 젖혀 보더니 고개를 거칠게 흔든다.

– 개미처럼 빽빽하게 몰려와서 포위당했습니다.

– 소동이 벌어지자마자 어머니가 시간을 끄시고 그사이에

병사들을 모았지. 거만한 레푸스는 우리를 너무 하찮게만 보고 있어. 그러니 대충 군대를 끌고 와서 싸워도 이길 거라고 생각했지. 아무리 내가 하찮게 생각되어도 그런 태도로는 날 이길 수 없어.

오레스테스는 슈타이어와 부하들이 단검이라도 던질까 얼굴을 내밀지 않는다. 지혜로운 선택이다. 그의 빈정대는 말투를 보면 표정이 어떠할지는 보지 않아도 충분히 알 수 있다.

─자, 그만 항복하는 게 어떻겠나?

오레스테스가 재촉한다.

나는 알고 있다. 모든 것은 아크마트의 약한 마음으로부터 시작되었다. 그는 섣불리 군대를 보내지 않았지만 오레스테스가 측은했는지 발버둥 칠 수 있는 몇 가지 방안을 주었다. 성벽을 지키는 큰 석궁도 그 속에 포함되어 있었다.

오레스테스를 레푸스에게 내어 준다고 해도 작은 가시 정도는 남겨 레푸스의 목에 생채기를 내려는 의도도 있었을 것이다. 알고 보니 레푸스는 그것만으로도 목구멍이 찢어질 판이었다.

어떤 편지도 내 앞에서 비밀이 될 수 없기에 나는 그 내용도 이미 읽어 두었다.

레푸스의 군대를 지휘하게 될 슈타이어라는 자는 본래 제국의 까마귀 발톱 출신이오. 그들은 정식으로 전쟁을 치르는 것이 아니라 주로 교란 임무를 맡고 있소. 그러니 교착 상태에 이르면 까마귀들의 습성대로 성에 침입해서 대공을 해치거나 생포하려고 할 것이오. 대공은 가짜를 세우고 따로 병사들과 주무시며 그들을 잡을 함정을 파 두시오.

아크마트는 나와 같은 존재가 아니고 위대한 예언자도 아니지만 전쟁이 어떻게 흘러갈지를 예측했다. 그는 스타인이 독립하기 위해 넘어야 할 첫 번째 산에 불과하다. 레푸스가 그 산을 넘는 것이 가능할까?

당장 아침에 일어나면 레푸스는 신뢰하던 부하 셋이 돌아오지 않은 것을 발견할 것이다. 오레스테스는 신이 나서 성벽에 올라가 자랑하며 레푸스를 놀릴 것이다. 슈타이어와 베르크만과 모제스는 가련하게 묶인 채로 그 옆에 서 있게 될 것이다.

슈타이어의 세 용사는 분명 매력적인 무기라고 할 수 있다. 그러나 무기를 든 자가 어린아이처럼 서툴다면 그깟 무기들은 막대기만큼도 소용이 없다.

슈타이어의 세 용사의 이름은 스타인 북부,

플리니 공국에 있는 도시 중 그나마 알려진 루발에서

카니세리움 사냥에 나선 것으로 시작되었다.

루발에 출몰하는 카니세리움은

몇 년 동안 도시민들을 괴롭히는 악명 높은 괴물로

보통 카니세리움보다 덩치가 크고 영리했다.

플리니 대공의 명령으로 파견된

슈타이어와 베르크만과 모제스는 부하 없이 셋이서

카니세리움과 혈투를 벌인 끝에 괴물을 잡아서 개선했다.

소문과 실제로 일어난 일을 구분해 보면

카니세리움을 잡은 공적은 그들의 용맹이 아니라

슈타이어의 꾀에 돌려야 한다.

카니세리움이 덫을 가지고 장난치는 습성을 알고,

덫 속에 덫을 하나 더 두어

인간이 속임수에 능하다는 사실을 증명한 것이다.

XII

순응할 줄 아는 아녜시가
자기에게 주어진 말을 힘겹게 받아들인다

위대한 조언자의 시작은 순탄하지 않았다. 사람들은 열네 살부터 대장장이 신의 말을 듣는다고 주장하는 그녀를 미친 사람 취급했다. 가족 중에도 믿어 주는 사람이 없으니 다른 사람에게 호의를 바라기란 어려웠다.

－하지만 전 들려요. 전 들린다니까요?

아녜시가 그렇게 항변할 때마다 사람들이 비웃으며 말했다.

－그건 네 머릿속에서 만들어 내는 거야. 어째서 우리가 들을 수 없는 것을 너만 듣는다는 말이냐? 네 머리가 우리 머리보다 뛰어난 점이라도 있다는 말이야? 아니면 네 신앙이 우리보다 좋다는 말이야?

－우리 모두가 듣지 못하는데 너 혼자 듣는다면 네가 이상한 거다. 너 혼자 특별하다고 생각하지 마라.

그녀는 몇 년 동안 참았고 성인이 된 다음에도 자신을 무시

하는 고향을 떠나지 못했다. 혼자서는 갈 수 있는 곳이 없었고 할 수 있는 일도 없었다.

그녀가 자란 곳은 제국 남부의 바닷가였다. 가족은 모두 바다의 관대함을 받아들여 생계를 유지했다. 그녀는 어느 날 오빠가 타고 나가는 배의 선장에게 참고 참았던 조언을 쏟아 놓았다.

─내일은 출항하면 안 돼요.

─어째서 말이냐? 그 잘난 예언이냐? 그보다 가까이 오지 마라. 아무리 너라고 해도 그건 용서할 수 없다.

출항 전에 여자가 배를 만지거나 그 위에 타면 배가 풍랑을 만나 침몰한다는 미신이 있었다. 그래서 선장들 중 일부는 바다에 나가기 전에 아예 여자와 피부가 닿는 것조차 꺼렸다. 여자와 닿은 선장이 배와 닿으면 여자가 배를 만진 것과 같다는 논리였다.

아녜시는 용건이 급해서 선장의 말도 안 되는 논리에 화를 낼 겨를도 없었다.

─제가 들은 건 한마디뿐이에요. 언제나 한마디니까요. 배가 출항하면 그대로 침몰할 것이다.

─그래서 그걸 지금 나보고 믿으라는 말이야?

─제 말은 그대로 이루어질 거예요. 저는 선장님과 오빠가

탄 배로 제가 옳다는 걸 증명하고 싶지 않아요.

선장은 피부가 갈라지고 새살이 나기를 반복한 끝에 돌보다 더 딱딱하게 굳은 손가락으로 바다를 가리켰다. 그 손가락은 고생의 흔적이기도 했지만 선장의 경력을 설명해 주는 것이라 아녜시로서는 보기만 해도 주눅이 들었다.

-자, 봐라. 바다라는 것은 변덕스럽고 무자비해 보이지만 그건 다 인간이 무식해서 그런 거다. 내가 바다에서 뒹군 세월만 해도 네 일생보다 긴데 척 보면 모르겠냐? 지금 보니까 바람도 따뜻하게 살랑살랑 불고 파도도 잔잔히 찾아왔다 잘게 부서지는 모양이 나가면 고기깨나 잡을 날씨인데 네 말을 듣고 손 놓으면 지나가는 개들도 비웃을 거다.

아녜시는 그를 설득할 생각을 포기하고 터벅터벅 걸어서 집으로 돌아왔다. 그의 굵은 손가락을 도무지 이길 자신이 없었다. 그 손가락 속에 그가 바다에서 보낸 세월과 경험이 녹아 있는데 바다에 나가 본 적도 없는 그녀의 말로는 꺾으려고 해도 꺾을 수가 없었다. 그래서 생각을 바꾸어 아직 상처와 굳은살이 덕지덕지 붙기 전의 손가락을 노렸다.

-동생아, 난 언제나 너를 믿고 응원한다. 그렇지만 선장님에게 찾아가서 그러면 내 얼굴은 어떻게 되니? 그리고 지금 내가 빠진다고 하면 네 말을 들어서라고 생각할 거야. 그러면

선장님의 화를 돋워서 다음부터는 그 배에 얻어 타는 일도 끝이야.

안전하게 일하고 돌아올 수 있는지 무심코 물었던 오빠는 그렇게 예언을 거절했다. 아녜시가 나중에 기억하고 있는 내용이 정확하다면 그녀도 더 열심히 설득하려고 들지 않고 그냥 포기해 버렸다. 아직 확신이 없는 탓이었다. 들리는 목소리대로 일이 이루어지는 것이 한두 번이 아니었으나 어떻게 생각하면 그저 우연이라고 볼 수도 있었다.

그녀의 오빠 중 가장 나이가 어린 사람은 그렇게 세상을 떠났다. 배가 나갈 때만 해도 날씨가 잔잔했으나 연안을 벗어났을 때 갑자기 멀리서 몰아친 돌풍이 신의 주먹처럼 배를 쳐 박살 내 버렸다고 했다. 아무리 경험이 많은 사람이라도 예상할 수 없는 자연의 변덕이었다. 그러나 그녀는 그것을 예상할 수 있었다.

그녀는 가족의 죽음으로 자신의 능력을 증명했지만 돌아온 것은 오빠의 죽음에 그녀가 책임이 있다는 반응뿐이었다. 남들만 그런 것이 아니라 가족들도 그렇게 생각하는 것을 읽기가 어렵지 않았다. 마치 그녀가 악마라도 부려서 오빠가 탄 배를 폭풍으로 때린 것처럼 여기는 사람들과 평생을 함께할 수는 없었다.

그녀는 어린 나이에 의지할 것도 없이 도망치듯 고향을 떠나 제국 수도로 흘러들었다. 나중에 정식으로 글을 배우고 나서 읽게 된 글에는 그런 구절이 있었다. 예언자는 가족과 고향을 떠나 낯선 곳에서 홀로 살아야 한다. 옛날에도 예언자가 겪었던 운명이 크게 다르지 않았던 모양이라고 생각하며 아네시는 쓴웃음을 삼켰다.

그녀는 여전히 가끔 죽은 오빠가 나오는 꿈을 꾸는데 꿈속의 오빠는 건강하고 항상 웃는 얼굴이었다. 그녀를 탓하거나 원망하는 일은 당연히 없었다.

그녀가 예언자라는 흔한 표현 대신 조언자라는 이름으로 활동하게 된 것도 오빠가 겪은 일 때문이었다. 기왕 받은 능력으로 삶을 꾸려 나가게 되었지만 예언이라는 말이 주는 거부감은 떨칠 수가 없었다. 오히려 사람들이 그녀를 높여 앞에 위대하다는 수식어를 붙여 주었다.

흔히들 미래를 점친다는 사람이 자기 운명에 어둡다고 말한다. 아네시도 자기가 처할 일에 대해 한마디 말을 들은 적은 단 한 번도 없었다. 대장장이 왕을 처음 만날 때까지는 그랬다.

어느 날 그녀는 손님을 받지 않고 홀로 명상하는 시간에 목소리를 들었다.

말 여섯 마리를 묶은 마차를 준비해라.

처음에는 착각이나 환청이라고 생각했으나 금방 마음을 고쳐먹었다. 그녀가 다른 사람들을 위해 대신 듣고 말해 주는 내용과 같은 목소리였다. 그렇다면 저 대장장이 신이 자신에게 내리는 명령이었다.

하지만 그녀는 일단 하루 정도 가만히 있어 보았다. 조심성이 많아서 나쁠 것도 없지 않은가.

다음 날 그녀는 손님이 묻는 말에 대답할 수 없었다. 신이 아무것도 들려주시지 않는 바람에 그녀는 몸이 피곤하니 다음 날 다시 와 달라고 부탁했다. 다음 손님도 그다음 손님도 마찬가지였다. 그런 일은 처음이었다.

예민하고 민감한 그녀는 혹시 하는 마음에 하인을 불렀다.

— 우리한테 마차가 있어?

— 아니요, 필요할 때면 언제나 마부와 마차를 빌려서 사용하시지 않습니까?

— 그러면 가서 제국산 말 여섯 마리를 건강한 것들로 골라서 사 와. 그리고 그 말들을 맬 수 있는 마차도 한 대 사 오고.

— 어디 가시려고 그러십니까?

— 그건 아니야.

－그러면 우리한테는 그렇게 큰 마차와 말 여섯 마리를 보관할 공간이 없는데요? 그리고 귀족이 아닌 다음에야 말 여섯 마리는 쓸모도 없습니다.

－그러면.

그녀는 가벼운 두통을 느꼈다. 갑자기 복잡한 일에 말려든 기분이 들었다.

－그러면 마구간도 하나 빌려. 여기에서 최대한 가까운 곳으로. 돈은 신경 쓰지 말고.

하인은 자기 주인이 부자라는 사실을 새삼 깨달았다는 듯이 순순히 물러가더니 저녁에 귀족들이나 탈 법한 마차 한 대를 끌고 나타났다. 털에서 윤기가 나는 여섯 마리 말이 전혀 힘들지 않다는 듯이 머리를 치켜들고 뽐내듯 걸어왔다. 그중 검은 말이 세 마리였는데 제국산 말 중에서도 가장 비싸다고 알려져 있었다. 특히 까마귀들이 검은 말을 선호한다는 말이 있었다.

－마구간은 남는 게 없어서 커다란 창고 하나를 통째로 빌렸습니다. 아마 그 정도 크기면 말들이 뛰어다녀도 충분할 겁니다.

아녜시는 하인의 공을 치하하고 집으로 보냈다.

다음 날부터 아녜시는 다시 원하는 사람들에게 조언을 들려줄 수 있게 되었다. 며칠 동안 그녀는 마음이 편안해졌고 되도록이면 근육이 지나치게 발달한 제국산 말과, 한때 귀족이 타던 것이라 금색으로 식물 이파리 무늬를 사면 모서리에 넣은 마차와, 군대가 들어가도 충분할 마구간에 대해 생각하지 않으려고 했다.

그러나 말과 마차를 준비해 놓는 것으로 모든 일이 끝날 리가 없었다. 그로부터 또 며칠이 지나고 나서 그녀는 아침에 일어나자마자 창문을 뚫고 들어오는 빛줄기 사이에서 들리는 새로운 조언을 받았다.

지금 당장 네 모든 짐을 정리하고 마차를 몰아 느브루의 골짜기로 가라.

느브루의 골짜기가 어디인지 그녀는 알지 못해서 다시 막 출근한 하인을 불렀다.

—느브루의 골짜기 말씀이십니까? 거기는 어디서 들으셨습니까? 여기서 한참 가야 하는 외진 곳인데다 사람도 거의 지나다니지 않는 길인데요. 저야 그 근처 출신이라서 알지만요.

—지난번에 산 마차를 끌고 여기로 와. 말은 여섯 마리를 전부 매어야 해. 시간이 없으니까 서둘러.

하인은 아녜시의 창백한 표정을 보자마자 모든 일이 심각하고 시급함을 깨닫고 허둥지둥 달려 나갔다.

그사이 그녀는 집 안을 둘러보며 챙길 것을 찾았다. 네 모든 짐을 정리하라는 말은 떠나라는 말이었다. 그러나 얼마나 오래인지는 알 수 없었다. 그제야 그녀는 단 한마디뿐인 조언을 들은 사람들의 답답한 심정을 이해했다.

꽤 오래 지낸 집이자 가게 안에는 그녀의 손길이 닿은 정겨운 물건들이 곳곳마다 자리를 차지하고 애정을 기대했다. 그러나 챙길 수 있는 것은 보따리 하나를 넘지 않아야 했다. 그녀는 아주 가까운 시일 내에는, 어쩌면 영원히 돌아오지 못할 것을 알았다. 그렇다면 집 안의 물건들은 도둑이나 이웃의 소유가 될 것이다.

쓰라린 마음을 추스른 아녜시는 도망자들이 그러하듯이 옷가지와 귀중품만 챙겼다. 짐을 다 싸고 나서 문밖에 서자마자 기다렸다는 듯이 하인이 마차를 끌고 나타났다.

제국 시내에서 마차의 속도는 어지간히 급한 일이 아니고서야 사람이 전속력으로 뛰는 것보다 조금 빠른 정도였다. 그런 법이 따로 있는 것은 아니지만 자기보다 높은 신분을 가진 사람이 고깝게 보는 일이 없도록 몸을 사리는 것에 가까웠다.

─속도를 높여.

아네시는 마음이 급했다. 이유는 알 수 없지만 한시바삐 느브루의 골짜기라는 곳에 가고 싶었다.

- 여기서 말씀이십니까? 아직 시내인데요?

- 상관없으니까 속도를 높여.

그녀는 아예 창밖으로 머리를 내밀고 앞을 보며 재촉했다. 하인은 고개를 한 번 젓더니 속도를 높이고 다시 한번 높여 질주하기 시작했다. 사람들은 휘둥그레진 눈으로 길을 비켜 주었고 예상했던 대로 귀족 몇 명을 화나게 했지만 아네시로서는 알 수 없는 일이었다.

마차는 사람들로 가득한 구역을 벗어났고 이제 원하는 속도로 마음껏 달릴 수 있었다. 아네시는 마차 안에서 초조하게 손톱을 만지고 발을 떨며 도착을 기다렸는데 마차가 우뚝 서 버리는 바람에 몸이 의자에 착 붙어 버렸다.

- 왜 멈췄어?

- 도착했으니까요. 그런데 저게 뭐죠?

아네시는 서둘러 마차 문을 열고 바깥으로 나갔다. 그녀는 익숙한 얼굴을 몇 개 보았다. 쓰러진 사람은 대장장이 왕, 그를 부축하고 있는 이는 누군지 모르겠으나 옆에 가르젠과 데스커드의 모습이 보였다.

- 위대한 조언자님.

멀리서 그녀를 가장 먼저 확인한 데스커드가 손을 흔들었다. 그녀는 오래 앉아 있느라 무거워진 다리를 움직여 달려갔다. 에이어리의 목에서 피가 흐르는 것을 천으로 감아 놓은 모습이 보였다.

- 대장장이 왕은?

- 다쳤지만 생명이 위험하지는 않습니다.

대답한 것은 아녜시가 모르는 젊은 남자였다. 그는 머리카락이 멋대로 뻗쳐 있고 초췌한 모습이었는데 그래도 예사 사람처럼 보이지는 않았다.

아녜시는 상황을 재빨리 파악했다. 그들은 환자를 옮길 방법이 없어서 곤란해 보였다. 그리고 그녀에게는 말을 여섯 마리나 맨 커다란 마차가 있었다. 그녀는 드디어 대장장이 신의 명령이 뜻하는 바를 깨달을 수 있었고 자신이 명령을 따른 것에 감사했다.

- 마침 저에게 마차가 있습니다. 저걸로 모시면 될 겁니다.

아녜시는 하인에게 손짓해 마차를 가까이 대라고 명령했다.

에이어리를 한쪽 좌석에 편안하게 눕히고 다른 사람들은 반대편에 좁혀 앉았다.

- 병원으로 가자.

-아닙니다, 위대한 조언자님.

아녜시가 모르는 남자가 반대하고 나섰다.

-우리는 다시 제국 수도로 돌아갈 수 없습니다. 그곳에는 에이어리, 대장장이 왕의 목숨을 노리는 이가 있습니다. 이대로 마차를 달려 적으로부터 벗어나야 합니다.

-그러면 어디로 간단 말입니까?

가르젠이 말하기 무섭게 남가가 제안했다.

-마법사 왕국으로 가면 됩니다. 어차피 저를 만나면 거기에 가기로 한 것이 아니었습니까?

그때 남자는 비로소 아녜시에게 자기의 신분을 밝혔다. 마법사 왕의 쌍둥이 동생 아리셀리스는 본래 제국에도 이름이 알려진 사람이라 아녜시도 당연히 그 이름이 익숙했다.

아녜시는 그의 이름을 알고 새로운 목적지를 듣고 나서야 자신이 급하게 짐을 챙겨서 떠나야 했던 이유를 알았다. 그녀는 다친 에이어리와 마법사 왕의 동생과 동행해야 했다. 그 이유는 알 수 없었으나 그녀는 지금까지 자신의 조언 한마디를 따르지 않았던 사람들에게 경고했었다.

-따르고 따르지 않고는 당신의 자유입니다. 그러나 나중에 그 말의 진정한 의미를 생각하시게 될 겁니다.

그렇다면 저도 따르겠습니다. 다른 사람들에게 강요했던

것처럼요. 아녜시는 그렇게 속으로 말했다. 하인은 명령받은 대로 마차 머리를 돌리지 않고 앞으로 달렸다.

　마차는 정돈되지 않은 제국 외곽 길을 따라서 덜컹거리며 달리기 시작했다. 아리셀리스가 참지 못하고 일어나 대장장이 왕 곁에 쭈그리고 앉은 다음 그의 목에 손을 대었다. 손에서 나오는 희미한 빛이 붉은 기운을 보이는 천 아래로 스며들었다.

　―그는 정말 괜찮은 겁니까?

　아녜시가 묻자마자 아리셀리스가 희미하게 웃었다.

　―물론입니다. 가르젠 님, 제가 기억하기로 가르젠 님은 대장장이 왕이 9년 전 왕들의 회합에 참여할 때 거기 계셨지요?

　―그렇습니다.

　갑자기 대화에 끼게 된 가르젠은 괜히 턱을 쓰다듬었다.

　―제가 알기로 그때도 대장장이 왕은 부상을 당한 상태였을 겁니다.

　―그랬지요.

　―그리고 제 형님이 가셔서 그에게 손을 대자 빛이 사방을 덮어 모두의 눈을 잠시 멀게 했었고요.

　―그 자리에 계셨던 것처럼 훤히 아시는군요.

　―나중에 들었습니다. 그때 형님이 대장장이 왕의 몸속에

실수로 자신의 힘의 근원 중 하나를 넣었습니다. 그래서 우리가 마법사 왕국에 가서 그걸 돌려 드리려고 하는 거지요. 하지만 형님이 원했던 것은 대장장이 왕에게 보호 주문을 거는 것이었습니다.

– 다시는 칼에 찔리지 않고 발톱에 다치지 않는다는 둥 그런 말을 했지요.

– 그렇습니다. 그때 형이 대장장이 왕에게 건 주문은 놀랍게도 오늘까지 풀리지 않고 그의 몸에 남아 있었습니다.

– 그럼 그 주문이 대장장이 왕의 목숨을 보호했다는 말인가요?

– 그렇습니다, 데스커드 님.

데스커드는 그런 대우를 받은 적이 없어서 쑥스러워했다.

– 겉으로 보기에는 피를 흘리고 있으니 심각해 보이지만 화살이 꽂혔어도 생명에 위협이 될 수 있는 부분은 주문으로 보호를 받았습니다. 이제 주문은 마침내 자기 역할을 다하고 자연으로 흩어졌지요.

– 그러면 대장장이 왕의 상처가 나을 때까지 어디 잠시 숨어 있다가 마법사 왕국으로 가서 형님 것을 다시 돌려 드리면 어떻겠습니까?

– 저도 그랬으면 좋겠습니다, 가르젠 님. 그런데 상황은 언

제나 생각했던 것보다 나쁜 쪽으로 흐르는군요. 에이어리 님의 몸속에서 보호 주문은 형의 힘을 감싸서 나오지 않게 하는 역할을 했던 모양입니다. 그게 사라지면서 에이어리 님의 몸속에 형님이 남긴 근원이 퍼지고 있습니다.

가르젠은 눈썹을 한 번 꿈틀거린 다음 아리셀리스가 하려는 말을 대신 했다.

－마법의 힘은 본질적으로 신의 힘과 반대라고 알려져 있지요.

그는 9년 전 신의 무기로 마법의 조종을 받는 카니세리움을 폭발시켰던 사실을 떠올렸다. 그것은 두 힘이 충돌한다는 명확한 증거였다.

－그렇습니다. 지금은 제가 억제하고 있지만 서둘러서 제 고향으로 가야 합니다. 그러지 않으면 대장장이 왕과 제 형에게 좋지 못한 결과가 될 겁니다.

－그런데 위대한 조언자님은 어떻게 여기까지 오시게 된 거죠?

데스커드의 질문을 들은 두 사람이 대화를 멈추고 아녜시를 보았다. 아녜시는 대답하기 전에 숨부터 한 번 크게 들이쉬어야 했다.

아녜시는 먼 옛날 바다를 잠재웠다고 전해지는

전설적인 인물이자 바다 신의 이름이다.

그녀는 제비뽑기에서 바다에 산 채로 바칠

제물로 뽑혔는데 다른 이들이 꽁꽁 묶여

절벽 위에서 아래로 던져지는 것을 보고 말했다.

  -정 이것이 제 운명이라면 제 발로

    당당하게 걸어 들어가겠습니다.

    그녀의 소원은 받아들여졌고

    바다는 이후로 몇 달간 잠잠했다.

어느 날 마을 사람들의 꿈에 그녀가 나타나서 말했다.

  -제가 여기에 와서 바다를 혼란스럽게 하는

    것들을 물리치고 새로운 왕이 되었으니

  이제 저에게 제물을 바치십시오. 살아 있는

사람이 아니라 뭍에 있을 때 먹던 잔칫상이면 족합니다.

지금도 바닷가에서 태어난 여자아이에게는

    아녜시라는 이름을 붙이는 경우가 있는데

모두 바다를 다스리는 그녀를 기리기 위한 것이다.

XIII

루 도인의 젊은 장군 무가
에젠 공의 계산적인 환대를 받고 우쭐해진다

홀로 말 탄 사람이 달리는 땅은 에젠이라고 불리는 넓은 지역의 가장자리였다. 북쪽 놋 땅의 일부와 루 도인에 펼쳐진 황량한 땅이 그대로 제국으로 이어져 한 덩어리 모래밭이 된 땅이었다. 눈을 들어 앞을 보면 가로막는 것이 없어서 지평선까지 넓게 펼쳐진 천 같았다. 마을 몇 개가 얼룩처럼 그 위에 번져 있었다.

말이 바닥을 밟을 때마다 버석거리는 소리가 나는 그 땅은 인간의 관심을 제대로 받지 못해 뭉뚱그려 부르는 이름이 에젠이었다. 땅 이름을 딴 낡은 성 에젠도 지표에서 갑자기 솟아난 것처럼 홀로 서서 그림자를 길게 남겼다. 말을 탄 사람의 눈에도 그 외로운 모습이 들어왔지만 막상 닿기에는 아득하게 멀어 보였다.

옆으로 비대하게 퍼진 에젠 성은 제국에서 드물게 도시 전체를 이중 성벽으로 감싸고 있었다. 몇백 년 전에는 자주 침략을 받던 곳이라 그렇게 두꺼운 갑옷을 입었지만 이제는 곤충이나 작은 동물의 공격이나 받는 신세였다.

이미 성의 첨탑 꼭대기에 찔린 해를 보고 말 탄 사람은 서둘렀다. 말도 목적지에 거의 다 왔다는 것을 아는지 마지막으로 안간힘을 냈다. 그러나 채 반도 가기 전에 해는 성벽 뒤로 숨었다. 잔광은 성을 빛나게 만들더니 모습을 감추고 말과 주인은 한 덩어리가 되었다.

마침내 성문 앞에 도착했을 때 성문은 당연히 굳게 닫혀 있었다. 주위에 방어를 위해 깊게 판 구덩이에는 물이 없었다. 하기는 물이 흔하지 않은 지역에서 그런 사치를 부릴 여유가 없었다.

해가 지고도 무사히 목적지까지 온 것은 성벽에 걸어 놓은 불 덕분이었다. 멀리서 볼 때는 성에 달린 두 눈이 불타는 것처럼 보였다.

말 탄 사람이 소리쳐 부르려 했으나 성벽 위의 반응이 더 빨랐다. 얼굴은 보이지 않고 목소리만 들렸다.

- 누구십니까?
- 여기가 에젠 공이 거처하는 곳이 맞습니까? 그분을 뵈러 왔습니다.
- 여기는 에젠 공의 성이 맞습니다. 신분을 밝혀 주십시오.

－저는 루 도인으로부터 온 사절입니다.

사절은 부산스러운 분위기를 기대했으나 그런 일은 없었다. 멈춰 있던 문이 천천히 움직이기 시작했다. 위치가 절묘해서 눈에 불을 밝힌 괴물이 아가리를 벌리는 것 같았다.

문이 열리기까지 지루한 시간이 끝나고 귀족처럼 보이는 사람이 먼저 나타났다. 그의 갑옷은 실용성보다 장식이 우선이었다. 얇은 금속판들은 이파리처럼 바람 기운에도 작은 신음을 냈다.

그는 모래바람을 피하려고 눈을 빼고 얼굴 전체를 천으로 감싼 사자를 맞이했다.

－잘 오셨습니다. 에젠 공께서 기다리고 계십니다.

사자가 에젠 공을 만나기까지 몇 가지 거추장스러운 과정이 있었다. 말을 맡기고 먼지로 덮인 몸을 씻고 깨끗한 옷으로 갈아입었다. 모든 과정이 끝났을 때는 한밤중이었다. 그를 안내하는 사람은 에젠 공이 밤늦게 식사하는 습관이 있으니 양해해 달라고 했다.

사자는 눈에 불을 밝힌 에젠 성의 육중한 모습을 앞으로 만날 사람에 대입했다. 밤에 식사를 즐긴다고 했으니 분명 넉넉한 풍채일 것이다. 그렇게 확신하는 바람에 처음에는 식탁 가운데 앉은 사람이 낯설었다.

에젠 공은 기름진 요리를 먹느라 번들거리는 입술을 닦을 생각도 하지 않았다. 그의 갈색 피부에는 행여 빈 곳이 있을까 깊게 파인 주름이 조각처럼 나 있었다. 몸에는 군살이라고 할 만한 것이 거의 없었다.

　－루 도인에서 사절이 왔습니다.

그렇게 보고받기 전부터 에젠 공은 루 도인 출신의 젊은이를 빤히 보고 있었다. 젊은이는 민망해서 대신 식탁을 보았다.

　－잘 오셨소.

목소리는 예상했던 대로였다. 메마른 에젠 땅의 갈라짐을 대변하는 소리 같았다.

사절의 갈색 머리카락은 여느 사람과 똑같았지만 붉고 반쯤 투명하게 보이는 얼굴은 그렇지 않았다. 주위에서 감탄하는 소리가 들렸다. 붉은 피부는 루 도인 중에도 드물어서 제국 사람이 보기 어려웠다.

　－무입니다.

사자는 담담하게 이름을 밝혔다. 에젠 공은 머리를 끄덕였다. 그는 모든 루 도인이 단음절 이름을 가진다는 것을 알고 있었다. 그를 호위하는 수도 그랬다.

　－내가 바로 에젠 공이오.

에젠 공은 수염을 쓰다듬으며 덧붙였다.

－한때는 오셀롯이라는 이름으로 불렸지. 그러나 지금은 그 이름을 쓰지 않고 있소. 펠리스로서 가진 이름은 다시 황제로 복귀하는 날 되찾을 생각이오.

무는 대답할 말을 몰라서 가만히 있었다. 그는 막 성년을 지 난 젊은이였고 루 도인은 다른 나라와 교류가 거의 없었다. 기 껏해야 루 도인 땅 안에서 루 도인이 아닌 족장들과 다투거나 협의하는 정도였다.

－이리 와서 앉으시오. 먼 길을 오느라 식사도 제대로 못 했 겠지.

오셀롯은 자기 옆자리를 내어 주었다. 무가 자리에 앉자마 자 물그릇과 식기들이 앞에 차려졌다. 무는 사용법을 몰라 당 황했지만 그저 담담하게 앉아 있었다.

곧이어 나온 요리는 정체를 알 수 없는 것이었다. 고기를 얇 게 썰어 구운 것 같은데 보통 고기처럼 보이지 않았다.

무는 정말로 하루 동안 아무것도 먹지 않고 달린 참이었다. 그래서 호기심 어린 남들의 시선을 아랑곳하지 않고 끝부분 을 베어 먹었다. 고기는 오셀롯의 입술이 암시했던 것처럼 기 름졌다. 맛은 나쁘지 않았다.

－어떻소?

오셀롯이 은근하게 물었다.

─처음 먹는 음식이지만 맛이 좋군요.

무는 입술에 기름이 묻었을까 긴장하며 대답했다.

─소 혀 요리요. 우리 제국 사람들이 먹는 별미이지.

─루 도인에는 소가 없습니다. 혀만 보고는 어떻게 생겼는지 짐작하지 못하겠군요.

─그런데 칼은 쓸 줄 모르시는군요?

무는 눈을 들어 그렇게 말한 여자를 보았다. 그녀는 머리를 탑처럼 말아 올리고 어깨 뒤에 펼쳐진 천에 고정해 놓고 있었다. 어깨에도 주름이 진 장식이 크게 들어가 있었다. 옷에 갇힌 사람처럼 보였다.

오셀롯은 갑자기 끼어든 질문이 불쾌했지만 무가 어떻게 대답할지 궁금해 가만히 있었다. 무는 일부러 입을 크게 벌려 고기를 한 입 더 먹었다.

─루 도인은 식사 중에 칼을 사용하지 않습니다. 칼은 성스러운 무기니까요.

그는 예외라는 듯이 조심스럽게 작은 칼을 집어 들었다. 식당을 감싸고 있는 은은한 빛에도 번쩍이는 것을 보면 은으로 만든 물건이었다.

─그리고 칼은 식탁에 두기에 위험한 무기입니다. 이 칼 하나면 이 방 안에 있는 모든 사람을 죽일 수 있습니다.

무가 담담하게 말했다. 오셀롯의 신하들은 무기 손잡이를 잡거나 벌떡 일어섰다.

전임 황제는 조금도 망설이지 않고 껄껄 웃었다. 그가 웃는 동안 무는 한 입 더 먹었다. 신하들이 주군의 의도를 눈치채고 다시 자리에 앉았다.

─내가 아는 루 도인이라면 충분히 그럴 수 있지, 그럴 수 있어. 루 도인들은 우리와 풍습이 다르니 그런 걸 지적하지 마시오.

오셀롯에게 지적받은 사람은 고개를 숙이려고 했으나 눈짓이 고작이었다. 그녀의 화려한 장식은 목을 고정해 움직일 수 없게 했다.

그녀는 에젠 지방을 다스리는 대공이자 에젠 성 성주인 사람의 부인이었다. 정식 명칭은 에젠 대공비가 될 것이다. 본래 대공이란 명칭은 제국의 큰 지역을 주관하는 사람에게만 주어졌다.

스타인처럼 작은 나라에 대공이 여섯이나 있는 것은 그래서 조롱에 가까웠다. 이름만 거창한 직책을 주고 결국에는 나라를 한 입씩 삼킬 생각이었다. 오셀롯은 황제 자리를 빼앗은 사촌 팔라스를 당연히 좋아하지 않았다. 그러나 스타인에 대한 정책은 전적으로 찬성하는 입장이었다.

에젠 대공비 옆에 앉은 사람은 그녀의 남편이었다. 그는 풍채가 당당하고 수염을 멋들어지게 기른 사내였다. 눈매와 입술이 신경질적으로 보였지만 의외로 너그러운 면이 있었다. 지금도 아내의 손을 살며시 잡아 가볍게 나무라고 있었다.

그는 오셀롯이 황제였던 시절부터 충실한 신하였다. 제국 수도에서 숨어 지내던 오셀롯이 갈 만한 땅은 처음부터 정해져 있었다.

오셀롯은 에젠 성을 차지하고 에젠 공을 자처했다. 그는 에젠 공으로서 황제에 대항해 싸울 예정이었다. 에젠 대공은 그대로 있을 수 없어서 자신을 에젠 성주로 낮추어 불렀다.

무는 그런 사정을 대략 알고 있었다. 루 도인의 유일한 사제이자 지도자는 무를 보내기 전에 모든 것을 알려 주었다.

─저보다 적합한 사람이 많지 않습니까?

무가 자신 없는 모습을 보였을 때 사제는 고개를 저었다.

─네가 우리 루 도인의 군대를 다스려야 한다. 그가 원하는 것은 우리의 군대니 그렇다면 네가 가야 한다. 우리에게 황제가 필요한 것이 아니라 황제가 우리를 원한다. 그러니 때가 무르익었다고 말할 수 있지 않겠니?

무는 복종의 뜻으로 고개를 숙였다.

루 도인은 사제가 다스리는 나라였다. 사제 위에 오직 대장장이 신만 있었고 사제 아래에 다른 사제가 없었다. 그래서 사제의 명령은 대장장이 신의 명령이나 다름없었다.

무는 어서 사절로서의 목적을 달성하고 돌아가고 싶었다. 오셀롯이 그 열성을 알아차린 것인지 연회에 지쳤는지 사람들을 물렸다. 남은 사람은 단 둘뿐이었다.

―이곳은 이야기를 나누기가 적합하지 않으니 다른 곳으로 갑시다.

오셀롯이 자리에서 일어나더니 벽에 붙은 장식장을 옆으로 손수 밀었다. 새로 생겨난 벽에는 작은 나무 문이 달려 있었다. 출입구가 두 개 이상인 공간에 있다가 숨겨진 출입구로 나간다. 전임 황제는 암살을 피하는 행동이 몸에 배어 있었다.

정말로 그가 선택한 길은 피난처로 만든 것처럼 보였다. 돌을 겹겹이 쌓아 동굴처럼 천장과 좌우를 막아 놓아서 외부와 차단되었다. 가끔 채광과 환기를 위한 창이 머리 높이로 비스듬하게 뚫려 있었다.

오셀롯은 손에 든 등불 하나에 의지해 어렵지 않게 앞으로 나아갔다. 무는 루 도인답게 밤눈이 보통 인간보다 밝았으므로 그 정도 빛이면 충분했다.

바닥은 평탄해 보이지만 사실은 완만한 오르막이었다. 무는 성의 심장부로 들어가고 있었다. 교묘한 설계로 인해 지금

걷는 길을 따라 걷지 않으면 찾을 수 없을 것이 분명했다.

작고 소박한 문 하나가 나왔다. 형태가 뒤틀리지 않도록 위아래로 철판을 덧댄 것이었다. 녹이 슬지 않은 철판은 꾸준히 관리되었다는 사실을 알리는 듯했다.

안은 무가 생각했던 것보다는 훨씬 크고 아늑한 공간이었다. 한쪽 벽에는 거대한 장식용 직물이 걸려 있었다. 제국의 역사를 표현한 것 같은데 무가 보기에는 전쟁 장면 중 하나처럼 보였다.

그 옆에는 벽난로 위로 장식용 무기들이 걸려 있었다. 유사시에는 호신용으로 사용될 수도 있는 물건들이었다. 그 밖에도 작은 책장과 책상, 안락한 의자와 탁자도 보였다. 생활하는 데 필요한 것은 다 갖추어져 있었다.

－없는 것은 창문뿐이오. 그것만은 어쩔 수 없지.

무가 묻기도 전에 설명한 오셀롯이 앉기를 권했다. 무는 명령에 복종하는 군인처럼 곧바로 가서 앉았다. 바닥에 깔린 두꺼운 천이 그의 발소리를 죽여 주었다.

오셀롯은 서 있는 쪽이 마음에 들었는지 앉지 않았다. 어쩌면 무를 내려다보기 위함일 수도 있었다.

－저건 연기가 나오지 않습니까?

무가 벽난로를 보며 물었다.

─저 물건이야말로 이 성의 가장 아름다운 작품이오. 저 굴뚝은 부엌 굴뚝과 연결되어 있지. 시간만 잘 맞춘다면 적이 점령한 다음에 불을 피워도 들키지 않을 거요.

오셀롯은 이어서 자기의 속내를 드러냈다.

─나는 그대와 은밀하게 대화하고 싶었소. 여기 내 부하들은 계획의 절반만 알고 있소. 내 사촌에게 빼앗긴 제국을 찾는 일에 그대들의 도움을 받는 거요.

─저도 그렇게 듣고 왔습니다.

─나는 그대들 중 하나의 호위를 받고 있소. 지금은 잠시 다른 곳에 가 있지만. 이름은 수. 혹시 알고 있소?

─아니요. 처음 듣는 이름입니다.

제국에 있는 루 도인과의 왕래는 거의 없었다. 애초에 제국에 있는 루 도인이 몇 되지 않았다.

─그녀는 내가 만난 첫 번째 루 도인이었고, 강하고 충성스럽고 과묵했소. 내가 듣기로는 모든 루 도인이 그런 자질을 갖췄다는데?

─우리가 인간보다 날래고 강한 것은 사실입니다. 대신 수가 많지 않지요.

─하나하나가 강하다면 수는 중요하지 않아. 저 유명한 가르젠으로 군대를 만드는 것이나 마찬가지니까.

무는 가르젠이 누구인지 잘 몰랐다. 다른 이들이 대장장이 신의 일곱 사제 이름을 외울 때 딴생각을 하거나 존 탓이었다. 그래도 오셀롯의 말을 들어 보면 대단한 사람인 것 같았다.

　－다시 황제가 되는 것은 작은 일이오. 그건 협상을 통해서도 할 수 있으니까. 내 사촌은 전쟁을 좋아하지 않으니까 어쩌면 나에게 여기 에젠 땅 전체를 넘기는 정도는 각오하고 있겠지. 어차피 풍요로운 땅은 전부 서쪽에 있으니 말이오.

　무는 잠자코 듣기만 했다.

　－그러나 내 목적은 그보다 큰 일에 있소. 이 땅을 다시 하나로 만드는 것 말이오. 스타인, 젤레즈니, 애커, 자유 동맹, 놋, 루 도인, 마법사 왕국을 전부 통합하는 거요.

　무가 처음으로 눈썹을 찡그려 반응했다. 오셀롯이 언급한 나라들에 루 도인도 들어가 있는 탓이었다.

　－루 도인도 말입니까?

　－걱정하지 마시오. 루 도인이 나의 군대가 되면 그대들은 제국 내에서 가장 좋은 땅을 받게 될 거요. 특권 계층으로 다른 이들의 존경을 받으며 살게 되겠지.

　그것은 가슴 떨리는 일이었다. 루 도인 밖으로 나와 본 적이 없는 무조차 차별을 모르지 않았다. 황제의 군대가 되면 그런 취급이 끝난다는 것이다. 결정권은 사제에게 있었지만 마음에 드는 제안이었다.

―아니면 어느 곳이든지 그대들의 사제가 원하는 땅을 주겠소. 기회만 된다면 내가 직접 사제를 만나러 가고 싶은데 당장은 그럴 여유가 없군.

―사제님께 그렇게 전하겠습니다.

오셀롯은 주변을 서성거리며 즐거움을 표현했다. 그러다가 맹렬하게 몸을 비틀며 물었다.

―그대는 루 도인 군대의 지도자니까 강하겠지? 얼마나 강하오? 카니세리움을 잡는 데 부하가 몇이나 필요하오?

무는 황제 앞에서 뽐내려는 생각이 없었다. 그는 당연하다는 듯이 대답했다.

―카니세리움 정도는 혼자서도 잡을 수 있습니다. 저뿐만 아니라 루 도인 전사 중에는 그럴 수 있는 사람이 많습니다. 카니세리움은 영물이니까 함부로.

―카니세리움을 혼자서 잡는다고? 어떻게?

무는 눈을 내리깔고 맹렬한 싸움을 상상해 보았다.

―힘으로 맞대결하는 것은 어렵지만, 카니세리움이 아무리 영물이라도 주둥이와 앞발만 피하면 치명적인 피해는 보지 않습니다. 정면으로 상대하지 말고 옆으로 돌아들어 공격하면 됩니다.

―그런 일이 정말로 가능하오? 그대도 해 본 적이 있소?

―있습니다. 루 도인에는 아마 제국보다 카니세리움이 많을 겁니다. 가끔 그것들이 마을을 덮치면 그럴 때는 어쩔 수 없이 사냥을 해야 하지요.

―그런데 어린 나이에 카니세리움 한 마리를 혼자서 잡았다는 말이지?

―그렇습니다.

오셀롯의 눈이 기쁨으로 반짝였다. 그의 얼굴은 질긴 가죽과 주름으로 뒤덮여 있어서 눈과 조화되지 않았다. 그러나 그의 기쁨은 어린아이가 장난감을 얻은 것처럼 순수해 보였다.

그는 덩실덩실 춤을 추듯이 걸어가 잘 보이지 않는 줄을 당겼다. 그러고 나서 무에게 돌아와 루 도인에 대해 여러 가지를 물었다. 무는 성심성의껏 대답하며 피곤함을 느꼈다. 밤은 늦었고 무는 종일 여행을 한 참이었다.

가만히 있던 벽이 문 모양으로 열리는 바람에 무는 화들짝 놀랐다. 아까 오셀롯이 줄을 당긴 곳 바로 옆이었다. 하마터면 품속의 칼을 잡을 뻔했다. 그러나 나타난 사람은 그냥 하인인 듯싶었다.

―부르셨습니까?

―우리의 귀중한 손님에게 가장 좋은 방을 내어 주게. 그리

고 내일 아침에는 내 옆자리에서 식사할 거야.

하인이 고개를 숙였다. 오셀롯은 그를 정중하게 배웅했지만 무는 정작 다른 생각을 했다. 비밀 통로를 이용해 온 방에 또 다른 비밀 문이 있었다. 그가 루 도인에 제안한 동맹에는 그런 비밀이 없다고 확신할 수 있을까?

이후로 며칠 동안 오셀롯은 무의 곁을 떠나지 않고 그를 대접했다. 한때 에젠 대공이었던 사람이나 그 밖의 추종자들도 무를 함부로 대하지 못했다. 무는 담담하게 반응하면서도 마음속 깊은 곳에서는 우쭐해지는 것을 느꼈다. 젊은이는 그런 종류의 유혹에 대처하는 법을 배우기 어려웠다.

그리고 마침내 무가 사제에게 보고하러 가는 날이 되었다. 오셀롯은 직접 말을 타고 하룻길을 배웅한 다음에도 아쉬워하며 돌아갔다. 그가 떠나자마자 심장이 격렬하게 뛰는 바람에 무는 가슴을 진정시켜야 했다. 그렇게 감정이 격해지는 이유는 스스로 잘 알았다.

무는 수백 명의 루 도인과 함께 달리며 제국 땅으로 들어오는 모습을 상상하고 있었다. 군대의 말발굽 소리가 무의 가슴에서 들렸다.

루 도인의 양쪽 어깻죽지 아래에는

대각선으로 길게 그은 흔적이 남아 있다.

루 도인들은 그 자국을

날개가 달렸던 자리라고 생각한다.

루 도인의 전설에서 신의 사자들은 날개를 달고

나타나는데 어느 날 신의 명령을 어긴 사자가

날개를 잃고 땅에 정착하게 되었다는 것이다.

그들은 루 도인이 옛말로

신의 사자의 후손이라는 뜻이라고 주장한다.

반면 제국의 학자들은 루 도인이

폐허와 재를 뜻하는 옛말에서 나왔다고 생각한다.

XIV

오레스테스가 레푸스를 조롱하고
슈타이어의 세 용사가 탈출을 시도한다

레푸스는 밤새 기다렸다. 자기가 머무는 천막의 불은 모두 꺼 둔 채 잠든 척했는데 혹시 첩자가 대공의 천막에 밤새 불이 켜져 있다고 보고할까 걱정해서였다. 그러나 레푸스는 오레스테스가 그 정도 전략가라고는 믿지 않았다. 그저 슈타이어의 조언을 따를 뿐이었다.

어둠 속에서 의자에 앉아 있는 것은 따분한 일이라 그는 다시 손을 더듬어 불편하기 짝이 없는 침대에 가서 누웠다. 그랬다가 어둠에 눈이 익숙해질 무렵 결리는 등을 참지 못하고 다시 일어났다.

의자에 앉으니 차라도 한잔 마시고 싶었지만 사람을 부르기도 애매했다. 그렇다면 파르바주 한잔은 어떨까? 어둠 속에 있으면 그 찬란한 빛깔이 더 생생하게 떠오르게 되는 법이다.

요새는 자꾸 편지를 보내오는 플리니 대공과 곁에서 감시하는 슈타이어, 게다가 피가두 대공비까지 잔소리를 하는 바람에 예전처럼 만취하는 일은 없었다. 식사에 곁들여 한두 잔 마시는 것이 고작이었다. 그들은 하나같이 그의 머리를 맑게 하기 위함이라고 주장했지만 레푸스의 머리는 오히려 술을 줄이는 바람에 어지러울 때가 많았다.

레푸스는 어둠 속에서 의지할 수 있는 것은 소리뿐이라는 사실을 깨닫고 손가락 관절을 꺾어 뚝뚝 소리를 냈다. 그러나 마음이 안정되지 않았다.

어째서 돌아오지 않는단 말인가? 레푸스는 슈타이어가 포로로 잡히는 순간이 있으리라고는 믿지 않았다. 그가 한때 폭발에 휘말린 슈타이어를 직접 잡았던 사람이라는 사실은 이미 안중에도 없었다.

레푸스는 그렇게 밤을 꼴딱 새운 다음 일 년은 늙은 느낌으로 무거운 몸을 일으켰다. 천막 사이로 햇빛이 들어오기 시작했고 바깥에서는 병사들이 웅성거렸다. 어쩌면 태어나서 처음으로 빛이 비추지 않기를, 아침이 찾아오지 않기를 바랐으나 낮과 밤의 순환은 역시나 무정했다.

레푸스는 당직을 불러 보고를 받았다. 역시 슈타이어의 세 용사와 그들을 따라간 병사들은 돌아오지 않았다.

레푸스가 예감한 불길한 결말은 목구멍으로 제대로 넘어가지 않는 끔찍한 아침 식사를 마쳤을 때 현실이 되었다. 성 위에 올라 레푸스를 부르는 이가 있었다. 그의 사촌이었다.

— 레푸스.

작은 몸집에서 나온다고 믿을 수 없을 만큼 우렁찬 목소리였다.

— 레푸스.

그의 몸 전체가 소리통이 되어 울리고 그 몸이 기쁨으로 떨고 있는 것이 전장을 가로질러 충분히 전달되었다.

— 레푸스, 어서 와, 내 사촌. 할 말이 있다.

그리고 침묵이 흘렀다. 레푸스의 응답을 기다리는 시간이었다.

레푸스는 말을 준비하라고 명령했다. 부하들이 나서서 말렸다.

— 가까이 가시면 위험합니다. 함정일 수 있습니다.

— 오레스테스 따위의 함정은 무섭지 않아.

레푸스는 그렇게 호기를 부렸으나 실은 성 위에서 병사들을 노려보던 대형 석궁을 생각했다. 그 가공할 무기는 처음 정찰 삼아 상대의 성에 접근했던 선발대 몇 명의 몸을 꼬챙이로 꿰듯 단번에 뚫어 버렸던 것이다. 그에게도 같은 일이 일어날 수 있다고 생각하면 살갗이 저렸다. 그러나 가지 않으면 사촌에게 지게 되는 것이고 레푸스로서는 그것이 더 두렵고 비참

한 결말이었다.

레푸스의 병사들은 실은 강제로 끌려와서 제대로 훈련도 받지 못한 옛 스타인의 백성이었다. 그들이 대장이 홀로 말을 타고 적진으로 전진하는 모습을 보면서 무슨 생각을 할지 알 수 없는 노릇이었다. 어쩌면 개중에는 레푸스가 화살을 맞고 땅에 떨어지는 순간 집으로 돌아갈 수 있으리라는 기대를 하는 이도 있을 것이다. 레푸스도 등 뒤에 닿는 시선을 느끼며 퍼뜩 그런 생각이 들었고 그런 사람이 다수가 아닐까 하는 두려움이 생겨났다.

– 자, 내가 왔다, 사촌. 할 말이 무엇이냐?

오레스테스가 성벽 위에서 빼꼼 머리를 드러내더니 이어서 두 발로 섰다. 그런 그의 모습은 보잘것없어서 바위 위에 바늘 하나를 꽂아 놓은 듯했다.

– 레푸스.

– 오레스테스.

– 지난밤 내 목숨을 노렸더군, 사촌.

– 아니, 난 죽이라고 하지 않았어.

레푸스는 오레스테스를 올려 보아야 하는 상황이 마음에 들지 않았다. 마치 그는 성과 연결되어 큰 존재가 된 느낌이고 자신은 겨우 말과 연결된 작은 존재인 것 같은 느낌이 들었다.

- 그럼 내 침실로 암살자를 보낸 이유가 뭐지?

- 그건 너를 납치하려고 했던 것뿐이야.

- 언제나 겉으로만 정의니 대의 같은 것을 부르짖으면서 비겁한 수단을 쓰는구나, 레푸스. 아, 그리고 보니 이 전쟁도 네가 일으켰어.

- 스타인을 제국에 팔아먹은 너를 응징하기 위한 전쟁이다.

- 그래, 내가 나눈 땅 중 하나를 차지하지 않으면 애국자가 이 땅의 주인이 되는 모양이지? 나는 내 땅에 사는 백성을 보호하기 위해 그런 선택을 했다. 너도 눈이 있다면 비교해 봐라. 네 땅과 내 땅 중 어디 사람들이 더 윤택한 생활을 하고 있는지.

그 말에는 레푸스도 반박할 수 없었다. 그는 예전에 충신 마르쿠스와 함께 몰래 오레스테스의 영토를 지난 적이 있었다. 플리니 대공을 만나기 위해서였다. 그때 오레스테스가 다스리는 땅이 겉보기보다 평화롭다는 사실을 깨달았지만 가만히 마음에 묻어 두었다.

오레스테스는 레푸스가 상념에 잠긴 틈을 놓치지 않고 성벽 위로 세 남자를 끌어올리게 했다. 그들의 몸은 막대기에 묶여 있었으며 손목은 막대기 뒤로 교차해서 따로 단단히 묶어 놓았다. 그리고 막대기 위에 달린 고리 모양의 줄이 그들의 목에 연결되어 언제라도 당기기만 하면 생명을 끊을 준비가 되어 있었다.

그들은 슈타이어의 세 용사, 슈타이어와 베르크만과 모제스였다.

─너희들이 자랑하는 슈타이어의 세 용사를 보아라. 그들은 나를 납치하겠다고 쥐새끼처럼 성안으로 침입했다가 덫에 걸려 이 꼴이 되었다.

오레스테스의 말은 이제 레푸스가 아니라 직접적으로 그의 부하들을 겨냥했다. 그래서 네가 아니라 너희들에게 이르는 말이 되었다.

레푸스는 등 뒤를 돌아보지 않아도 병사들의 눈빛과 자세를 연상할 수 있었다. 그들은 이미 패했다. 전면전을 치르지 않아도 진 것이나 다름없다.

그럴 수도 있다. 질 수도 있는 것이다. 어렸을 적 아버지의 강요로 읽었던 책에도 그런 구절이 있었다. 명장이 되는 출발점은 크고 작은 패배를 몸소, 몸소, 몸소 경험하는 것에서 시작된다.

그러나 그의 첫 패배는 가장 큰 자산, 슈타이어의 세 용사를 모두 잃는 것으로 시작되었다. 그들 없이 앞으로 전쟁을 치러야 한다고 생각하니 아버지가 하늘에서 그를 노려보는 것처럼 어깨에 중압감이 느껴졌다. 이미 얼굴 가죽은 붉게 달아올라 전부 타 버리고 남은 근육과 뼈로 오레스테스 앞에 선 기분이었다.

— 이봐 사촌, 선 채로 죽었나?

그는 오레스테스를 얕본 것이 무엇보다 가장 큰 실책이었음을 깨달았다. 쭉정이 오레스테스, 그를 제국의 개요, 나라의 배신자라고 생각했었다. 그런 자라면 대충 병사를 모아서 쳐들어가도 쉽게 승리할 수 있으리라고 생각했었다.

게다가 곁에는 저 유명한 슈타이어의 세 용사도 있지 않았던가. 그러나 지금 성벽 위에서 목에 밧줄을 걸고 있는 용사들의 표정은 침울했다. 그들은 일생 겪지 못한 수치를 감내하고 있었다.

— 어째서 할 말을 잃었지? 레푸스, 한 번만 더 이 성을 공격한다면 슈타이어의 세 용사의 목숨은 없다. 그러나 만약 네가 병사들을 물려 조용히 네 영토로 돌아간다면 몇 달 후에 이들을 풀어 주겠다. 어떻게 하겠나?

— 알겠다.

레푸스의 목소리는 지나는 바람결에도 쓸려 나갈 만한 것이라 승자의 귀에 들리지 않았다.

－뭐라고?

레푸스 대공은 한 번 더 대답하는 수고를 피해 말을 돌려 쓸쓸하게 자기 진영으로 돌아왔다. 그가 돌아온 뒤에 말을 거는 이는 없었다. 레푸스는 조용히 천막으로 들어가 얼굴을 감싸 쥐었다.

오레스테스는 흐뭇한 마음으로 슈타이어의 세 용사를 다시 감옥에 넣으라고 명령했다. 그들은 창고를 개조한 임시 감옥에 들어간 다음에야 목을 서늘하게 하던 밧줄에서 벗어날 수 있었다.

－내 잘못이다.

바닥에 앉자마자 슈타이어가 두 부하에게 사과했다.

－아닙니다, 저희 잘못이에요.

－저희가 죄송합니다.

베르크만과 모제스가 침통한 얼굴로 대답했다.

－우리가 오레스테스를 잘못 보고 있었다. 그는 겉보기에 볼품이 없고 몽둥이 하나 휘두를 힘도 없지만 그리 만만한 인물이 아니었어.

어젯밤에도 슈타이어는 같은 말을 했었다. 그러나 양쪽 진영에 전시된 다음에 하는 말은 어제와 다른 의미로 들렸다.

－그러면 이제 우리는 여기서 몇 달 동안 갇혀 있다가 풀려

나는 겁니까?

– 오레스테스는 바보가 아니야. 우리는 인질이니 레푸스 대공께서 군대를 물리셔도 그렇게 쉽게 풀려날 수는 없을 거다. 어쩌면 한둘 정도는 몇 년 동안 갇힌 신세일 수 있지. 적절한 교환 상대가 생길 때까지 말이야.

– 그러면 방법은 하나군요.

모제스가 뭔가 단단히 결심한 사람처럼 말했다. 그는 허리춤에 꽂힌 존이라고 부르는 막대기가 없어서 허전한 옆구리를 자꾸 만졌다. 그에게는 탈출하는 것보다 존을 찾는 것이 더 급했다.

– 그게 뭔가?

– 여기를 우리 힘으로 나가야 합니다.

– 그건 백번 옳은 말입니다.

베르크만이 옆에서 고개를 끄덕거리며 얼굴을 잔뜩 웅크리는 바람에 그의 얼굴에 난 흉터도 구겨졌다.

– 나도 그렇게 생각해. 하지만 이곳에서 탈출하기가 쉽지는 않지.

슈타이어가 그렇게 말하며 작은 창고 방을 둘러보았다. 채광보다는 환기를 위해 작은 창이 여럿 나란히 있었지만 사람의 머리가 빠져나가기는 어렵고 고양이 정도나 나갈 크기였다. 돌을 쌓아 만들고 틈을 메운 벽은 사람의 힘으로 뚫을 수 있는 것이 아니었다. 바닥은 흙이니 그나마 수월하겠지만 오랜 세월 단단하게 굳어진 바닥을 손으로 파서는 가망이 없었다.

세 사람의 시선은 자연히 문 쪽으로 고정되었다. 단단한 나무로 만든 문이 사람의 힘으로 어찌 되는 것은 아니었지만 그래도 그 문은 가끔 열렸다. 애초에 감옥으로 만든 곳이 아니라 그들을 굶겨 죽이지 않으려면 문을 열고 음식과 마실 것을 주어야 했다.

그러나 슈타이어가 여러 번 거듭 말한 것처럼 오레스테스는 바보가 아니었다. 그는 임시 감옥 앞에 경비병을 교대로 세워 놓았고 문을 열 때마다 안쪽으로 무기를 겨냥하고 대비하라고 명령했다.

창문으로 들어오는 햇빛이 강해졌다가 약해졌다가 사라지며 며칠이 지나 버렸다. 일부러 그들이 들으라고 하는 건지 밖에서 나누는 얘기가 귀에 들어왔다.

－레푸스의 군대는 이제 완전히 떠났다며?

－그렇다는데? 군대가 완전히 물러가고 석 달이 지나면 여기 안에 있는 세 포로 중 하나를 풀어 주기로 했대.

－그냥 처형해 버리면 될 것을.

슈타이어는 고개를 들어 베르크만과 모제스의 얼굴을 보았다. 그들의 얼굴에는 절망이 피부병처럼 퍼지고 있었다. 앞으로 석 달을 기다려도 셋 중 하나밖에 나갈 수 없다. 그들은 서로 먼저 나가고 싶다고 생각하면서도 동료애로 그런 감정을 억누르느라 애쓰고 있었다.

슈타이어는 조금 다른 생각을 했다. 그는 레푸스 대공이라는 사람이 만약 오레스테스를 삼키기에 충분한 힘을 얻었을 때, 예를 들어 대장장이 왕과 마법사의 힘을 얻게 되었을 경우 세 포로가 얼마나 가치 있을지 생각해 보았다. 플리니 대공이라면 자기 부하들이 희생당하는 작전을 실행하기 꺼릴 것이다. 그러나 레푸스 대공의 야심이 슈타이어의 세 용사가 처형당하는 상황에 방해받을지 의문이었다.

그는 절망에 빠진 두 부하에게 차마 그런 이야기를 할 수 없었다. 그들을 달랠 방법은 하나뿐이었다. 슈타이어는 부하들을 모아 놓고 부지런히 탈출 계획을 짜는 걸로 하루를 소비했다. 목표가 있어야 그들의 눈을 다시 빛나게 만들 수 있었다.

– 일단 며칠은 고분고분하고 무기력하게 지내야 해. 저들은 방심할 거야. 긴장이 풀리고 우리에게 내미는 창끝이 무뎌지겠지.

슈타이어의 예언 비슷한 것이 틀리지는 않았지만 그렇게

되기까지는 보름이 더 걸렸다. 그들은 무기력함을 연기하는 것이 아니라 실제로 더 무기력해졌다. 그렇게 갇혀 있다가 풀려나는 것도 나쁘지 않겠다는 생각이 종종 나타나 머리카락을 쥐어뜯게 했다.

그들은 간수의 감시가 없을 때 몸을 움직여 체력을 단련하며 마음의 절망과 싸웠다. 절망과 정면으로 싸우면 승산이 없었지만, 근육에 힘이 들어갈 때마다 조금씩 밀어내는 것은 가능했다.

마침내 실행일이 왔고 세 사람은 문 옆에 바싹 붙어 순식간에 튀어 나갈 준비를 하고 있었다. 이미 수많은 예행연습과 머릿속으로만 일어난 돌발 상황을 경험한 다음이었다.

일단 무기를 뺏고 나면 경비병 몇 정도는 순식간에 쓰러뜨릴 수 있다. 그러면 망설이지 않고 곧바로 바깥으로 달려 나가면 된다. 상대의 군대가 소집되어 추격하는 것은 적어도 몇 분이 걸린다. 그 사이에 성벽을 넘을 수 있다면 탈출하는 것은 어렵지 않게 가능하다.

그것이 슈타이어가 세운 계획이었다. 그가 까마귀 발톱이었던 시절에는 그보다 불가능해 보이는 계획도 많았다. 그러나 그때 날카롭게 갈아 놓은 칼과 같았던 그는 슬슬 육체의 쇠락에 접어들고 있었다.

그 외에도 무모한 점이 적지 않았다. 성벽 꼭대기까지 올라 갔을 때 마땅한 도구를 찾지 못하면 사람 키의 몇 배가 되는 곳을 뛰어내려야 했다. 성 주변의 벌판을 달릴 때 대형 쇠뇌가 미리 조준되어 있지 않아야 했다. 말을 탄 기병들이 추적하기 시작하면 제아무리 잘난 그들이라도 도망칠 수 없었다.

그래도 그런 계획을 세운 것은 오레스테스가 그들을 임시 감옥으로 들어가게 하면서 눈을 가리지 않은 덕분이었다. 슈타이어는 자신이 갇힌 곳이 성벽에서 불과 몇 걸음 거리인 데다가 중심지와 거리가 멀고 인적이 많지 않은 곳임을 알고 있었다.

게다가 탈출 도중에 잡힌다고 해서 오레스테스가 그들을 곧바로 처형할 확률은 높지 않았다. 그런 짓을 한다면 손안에 든 패를 불태우는 것이나 다름없었다. 이제 모두가 인정하는 사실이지만 오레스테스 대공은 그보다 똑똑한 사람이었다.

– 아무도 죽이지 말고 제압만 해. 우리는 다시 잡힐 경우를 대비해야 하니까. 저들을 너무 화나게 하면 안 돼.

베르크만과 모제스는 가만히 고개를 끄덕였다. 그들의 눈이 다시 반짝이는 것이 보였다.

이어서 익숙한 인기척을 느끼자마자 세 사람은 벽에 바짝 붙어 섰다.

문이 열리고 그릇을 바닥에 내려놓는 팔이 보였다. 아직 스무 살도 되지 않은 여자가 그 일을 하고 있었다. 슈타이어는 그녀가 다치지 않도록 조심스럽게 팔을 잡고 안으로 당겼다. 비명은 짧고 날카로운 악 소리 한 번으로 끝났다.

그녀의 모습이 문 안쪽으로 사라지자 지키던 병사 둘이 좁은 공간으로 밀려들었다. 그들은 경계하던 태세 그대로 창을 앞으로 쭉 내밀고 있었는데 사방이 막힌 공간에서는 운신이 쉽지 않았다. 모제스가 창날에 베이는 위험을 감수하고 자루를 덥석 잡았다. 한 명이 끌려들자 뒤를 따라온 사람은 베르크만의 몫이었다.

– 너, 피가 나는데?

베르크만이 모제스의 옷에서 솟아나는 붉은 기운을 보고 말했다.

– 심하지 않아.

슈타이어의 세 용사는 방금 포로로 잡은 세 사람을 안에 두고 나와 빗장을 내렸다. 말 그대로 건물이 외딴곳에 있어서 그들이 소리친다고 해도 당장은 들릴 염려가 없었다.

작은 계단을 걸어 올라가니 문이 하나 나왔고 그 문을 여니 곧바로 바깥세상이었다. 밤이었다면 성벽을 넘어 탈출하기란 정말 아무 일도 아니었을 것이다. 슈타이어는 그렇게 할 수 없는 것이 아쉬웠다.

오레스테스는 슈타이어의 세 용사가 그래도 이름값을 하려면 한 번쯤 탈출 시도 정도는 하지 않을까 예상한 듯했다. 그들이 건물을 나가자마자 멀리서 손가락질하며 소리 지르는 병사가 눈에 들어왔다. 생각보다 재빠른 대응이었다.

-탈출이다.

그 소리와 동시에 왼쪽에서 다섯 명, 오른쪽에서 다섯 명 무장한 병사들이 나타나 추격을 시작했다. 슈타이어와 베르크만은 정신없이 성벽 옆에 난 계단을 올라가다가 모제스가 아래에 남은 것을 발견했다.

-모제스, 뭐 하는 거야?

-나는 못 갈 거 같아, 베르크만. 발이 생각처럼 잘 움직이지 않아.

그의 옷에서 번지는 붉은 기운은 아까보다 넓게 퍼져 있었다.

-죄송합니다, 슈타이어 님.

슈타이어가 오랫동안 몸담았던 까마귀 발톱에서는 그런 일이 생기면 망설이지 말고 곧바로 버리라고 가르쳤다. 낙오자를 챙기다가 전체를 위험에 빠뜨리는 것은 까마귀의 신념에 반하는 짓이었다. 이제 더 이상 까마귀 발톱 소대장이 아니라 플리니 대공의 부하이자 레푸스 대공의 조력자가 된 입장에서 그는 망설였다.

- 어떻게 하죠?

한때 그와 함께 까마귀 발톱이었던 베르크만이 물었다. 그도 옛날이라면 묻지 않았을 것이다. 그도 망설이고 있었다.

- 가자, 저들은 모제스를 죽이지 않고 치료해 줄 거다. 그렇다면 우리는 가는 쪽이 낫다.

둘은 성벽 위를 뛰다가 나무가 자라 가지가 그물처럼 얽힌 곳을 발견하고 그쪽을 향해 뛰어내렸다.

한편 피 흘리는 모제스를 발견한 오레스테스는 눈살을 찌푸리며 그를 치료하게 했다.

- 하필이면 저자만 남았단 말이지.

- 왜 그러십니까?

오레스테스는 대답할 필요 없는 부하의 호기심을 채워 주었다.

- 아크마트 대공께서 이유는 모르겠지만 저자와 대화를 나누고 싶다고 하셨다. 가슴의 상처가 적당히 아무는 대로 폴로 공국으로 보내야 해.

오레스테스에게 그 이유를 짐작하는 것은 사실 어렵지 않은 일이었다. 가슴에서 피어나는 고통을 참으며 얼굴을 찡그리고 버티는 모습에서 이미 본 적 있는 얼굴 하나가 떠올랐기 때문이다. 다만 그 얼굴은 더 강인하고 지혜롭고 늙은 모습이었다.

스타인 공국의 레푸스 대공이

오레스테스 공국을 침공한 것은

스타인 건국 이래 최초의 내전으로 기록되었다.

폴로 공국의 전쟁 기록관 스탐노스는

모든 사실을 정리한 후 말미에 이렇게 적어 놓았다.

대공은 슬픔과 혈기와 충동만으로 군대를 일으켰으나

그가 일으킨 작은 전쟁은

유사 이래 가장 형편없는 수준이었다.

그가 다시 군대를 모은다 해도 이제는 개미의 왕조차

자기 왕국이 짓밟힐 걱정을 하지 않을 것이다.

오히려 왕에게 더 두려운 것은

어린아이가 굴의 입구에 싸 갈기는

오줌 줄기일지도 모른다.

오줌 세 방울 왕자보다는 확실히 그쪽이

개미에게 더 무서운 법이다.

XV

에이어리가 탄 마차가
마법사 왕국의 안개 낀 입구에 닿는다

마차는 안에 탄 사람의 부상을 고려해서 종종대듯 달렸다. 가끔 창문을 열고 추격자가 있는지 확인하는 것은 머리가 하얗게 센 아리셀리스였다. 그들의 목적지는 마법사 왕국이었고 그렇게 하자면 황량한 에젠 땅을 가로질러야 했다.

–루 도인과 마법사 사이에는 분명히 연결된 끈이 있습니다. 우리는 루 도인의 피부색이 알록달록하다고 알고 있지만 사실은 여섯 종류예요. 마법사들의 여섯 가문을 상징하는 보석과 색이 같지요. 그들의 몸을 자세히 보면 마치 그 보석들을 깎아서 만든 것처럼 보여요.

이야기가 거기까지 흐르게 된 것은 에이어리의 말실수가 화제로 나와서였다. 그가 까마귀들의 수장인 작이 루 도인이라는 사실을 본인에게 직접 말하는 바람에 생명이 위태로운 처지에 놓이게 되었다.

–그럼 루 도인도 마법을 쓸 수 있다는 말인가요?

데스커드의 질문은 가르젠과 아네시도 마침 궁금하게 생각한 것이었다.

－아니요, 마법을 쓰는 것은 우리 여섯 가문의 특권입니다. 오래전부터 그렇게 정해져 있으니까요. 루 도인 마법사는 역사에 없었어요. 그러나 색이 같은 것을 보면 분명히 상관은 있을 겁니다.

루 도인의 단단한 몸은 아무도 지날 수 없다고 알려진 험난한 지역, 북쪽 산맥을 뚫고 들어오는 기적을 가능하게 했을 것이다. 그들은 그렇게 이 땅으로 와서 루 도인에 정착했다. 그리고 사람들에게 버려진 땅의 이름이 곧 그들의 이름이 되었거나 혹은 반대였다.

－어쩌면 저쪽 땅, 산맥 북쪽에서 루 도인은 아주 흔한 사람들일 수도 있겠네요.

아리셸리스의 깨달음에 여럿이 동의했다.

활기 없는 대화를 나누면서도 가장 마음이 심란한 사람은 아네시였다. 그녀는 본의 아니게 자신의 거처와 재산을 두고 마법사 왕국으로 가고 있었다.

－내 집을 장식한 아름다운 천들은 모두 불쏘시개가 되었겠지.

아네시가 한숨을 쉬며 말했다. 보지 않아도 그런 일이 일어낮을 것은 자명했다. 그녀는 알지 못했지만 이미 까마귀 발톱들이 그녀의 이상한 건물을 헤집어 놓은 다음이었다.

─대장장이 왕이 다시 만들어 주실 거예요.

데스커드는 천으로 둘둘 싸매 놓은 주인을 가리키며 말했다. 그는 며칠째 잠만 자고 있었다.

아네시가 에이어리를 보고 문득 생각났다는 듯이 빙긋이 웃었다.

─대장장이 왕은 정말 특이한 사람이에요. 지금까지 아무도 하지 못한 대담한 짓을 했어요.

─그게 뭡니까?

아리셀리스가 물었다.

─나는 대장장이 왕에게 당신을 만나려면 제국에 머물면 된다고 했어요. 대장장이 신이 그렇게 말씀하셨으니까요. 나는 대답만 할 뿐 그 속에 담긴 의미는 이해하지 못해요.

─그러나 어떤 면을 보아도 우리 왕국의 예언자들보다 낫습니다. 그들은 아리송한 말들을 지껄이는 것도 모자라 툭하면 바꾸어 버리죠. 아마 원하지 않아도 만나게 되실 겁니다. 그들이 진짜 예언자를 가만히 두지 않을 테니까요.

아리셀리스는 기름으로 번들거리는 몸을 떠올리고 몸서리를 쳤다. 그보다 걱정할 것이 많았는데도 그것이 가장 끔찍하게 생각되었다. 나머지는, 나머지는 어떻게든 해결할 수 있으리라고 믿었다.

－아무튼 대장장이 왕이 그 말을 듣고 저에게 이렇게 되물었어요. 그러니까 제가 이 땅에 있으면 무슨 일을 해도 죽기 전에 아리셸리스를 만나게 된다는 거죠?

－당시에는 제가 제국에 가기 전이었지만요.

－그래요, 거기서 대장장이 왕은 한 단계 더 나아간 것 같아요. 당신을 더 빨리 만날 방법을 생각하게 되죠.

－그게 설마?

데스커드가 소리쳤다.

－그래요, 일부러 위험한 짓을 저지른 것 같아요. 제국은 암살이 빈번하게 일어나는 곳이고 그걸 명령하는 사람이 까마귀들의 수장이니까요. 그러면 당신이 죽기 전에 구해 줄 거라고 믿었겠죠.

데스커드는 말이 끝나기 무섭게 반대했다.

－제가 이분을 모시고 있고 평생 모시게 될 테지만 이분은 그런 사람이 아니에요. 분명히 자기가 알아낸 걸 자랑하다가 일이 꼬인 거예요. 그렇게 계획적인 사람이 절대로 아니라니까요.

아녜시는 빙그레 웃을 뿐이었다. 가만히 듣고 있던 가르젠이 거들었다.

  – 대장장이 왕은 아직 좀 경솔하신 분입니다. 자기 생명을 걸고 아리셀리스 님을 만나겠다고 생각했다면 그건 정말 미련한 결정이에요.

데스커드가 대장장이 왕이 누운 곳을 보며 한숨을 쉬었다.

  – 맞는 말이에요.

  – 정말 그렇습니다.

거기에는 모두 동의했다.

  – 대장장이 신의 가호를 바랐겠지만 그래도 조심해야 합니다. 가장 빨리 죽은 대장장이 왕은 한 계절도 넘기지 못했으니까요.

듣기만 하는 것이 지겨워진 가르젠이 슬슬 이야기보따리를 풀기 시작했다.

  – 전 처음 듣는 얘기예요. 그런 왕도 있었나요?

  – 그래요, 아녜시 님. 아마 14대 왕이었을 거예요. 역사가가 아니니까 틀릴 수도 있어요. 대장장이 왕이 깨어나면 그에게 물어보시죠.

이제는 아리셀리스도 관심을 가지고 물었다.

  – 어쩌다가 그렇게 되었습니까?

마차가 돌부리에 걸렸는지 크게 휘청였고 그들의 몸은 나

란히 흔들렸다. 데스커드가 슬쩍 눈을 돌려 대장장이 왕의 상
태를 살폈다.

－그는 놋 왕의 만찬에 초대받아서 갔습니다. 그리고 과식
을 해서 죽었지요.

－과식으로도 사람이 죽나요?

데스커드가 두려움에 차서 물었다.

－생각보다 쉽게 죽지. 특히 한참 동안 굶었다가 갑자기 많
은 음식을 먹으면 위험해. 물론 놋 왕이 음식에 독을 타서 죽
였다는 말도 있어. 둘이 내기를 하다가 놋 왕의 심기를 상하게
했다는 거야.

마차는 한동안 말하는 사람 없이 굴러갔다. 마차를 몰고 있
는 사람은 위대한 조언자가 아끼는 사람이었다.

－자신의 목숨이 위험에 빠지면 저를 빨리 만날 수 있다고
생각하다니. 그건 정말 무모한 선택이군요.

아리셸리스가 다시 한번 혼자 감탄했다.

－믿는 구석은 있었을 거예요. 죽어서 만나는 것은 만나는
것이 아니죠. 아무리 죽을 위기에 있더라도 세상에서 가장 강
한 마법사가 구해 주겠죠. 대장장이 왕은 전에도 아리셸리스
님을 본 적이 있다면서요?

－저는 가장 강한 마법사가 아닙니다, 아녜시 님.

-그러면 당신보다 더 강한 힘을 가진 마법사가 지금 세상에 존재하나요? 용 같은 존재를 빼고 사람 중에서요.

　아리셀리스는 대답할 수 없었다. 그는 겸손하고 싶었지만 그보다 강한 힘을 지닌 존재를 만난 적이 없었다. 한때 형 라토는 그에 필적할 만큼 강했지만 지금은 아니었다. 그는 쇠약해져 죽음을 앞두고 있었다.

　-아무리 생각해도 일부러 그럴 분이 아닌데?

　그때 마차가 갑자기 흔들리는 바람에 대장장이 왕의 몸이 가볍게 튀어 올랐다. 데스커드는 자기가 말해 놓고 놀라서 엉덩이를 뒤로 뺐다. 사람들의 눈길은 에이어리에게로 모였는데 하나같이 걱정이 담겨 있었다.

　-그러고 보니 대장장이 왕은 어떻게 무사한 거죠? 상처를 보면 까마귀 발톱들이 급소를 노린 것 같은데?

　-형은 9년 전 왕들의 회합에서 어린 대장장이 왕을 만났습니다. 카니세리움의 습격을 받아 지금처럼 누워 있었죠. 황제는 침대에 누운 어린 대장장이 왕을 만났어요. 형은 황제의 곁에 있다가 그를 보고 눈물을 흘렸죠.

　아리셀리스는 거기에도 숨겨진 이야기가 있음을 짐작했다. 일어난 일을 곰곰이 생각해 보고 내린 결론이었다. 그러나 그것은 나중 문제였다. 왕국에 들어간 다음 처리해도 충분한 일이었다.

　－가엾게도 가슴을 다치다니. 그대는 위대한 대장장이 왕이
니 이렇게 사소한 것들에 방해를 받아서는 안 되지.

　아리셀리스는 그때 그 자리에 없었는데도 그 장면을 생생
하게 떠올렸다. 그들 형제는 분명 그때부터 연결되어 감각을
일부 공유하고 있었다.

　라토가 손을 들었고 하얀색 빛이 손에서 나왔다. 그는 빛나
는 손을 에이어리의 가슴에 대고 외쳤다.

　－이제 어떤 무기와 발톱으로도 그대의 생명을 다치게 할
수 없을 것이다.

　라토의 손에서 나온 빛이 에이어리의 몸으로 흘러들었다.
에이어리는 몸을 꿈틀거리며 반응했다. 그때 라토의 힘이 모
인 덩어리 하나가 에이어리의 몸으로 옮겨 간 것이다.

　아리셀리스의 설명을 듣는 사람들도 그 장면을 보는 것과
같은 환상을 느꼈다.

　－형이 건 보호 주문은 굉장히 강력한 것이었습니다. 시간
이 지난다고 저절로 사라지거나 하지 않아요. 그 주문은 확실
하게 한 번은 생명을 보호해 줄 수 있어요. 물리적인 위협에
한해서는요.

　－하지만 제가 알기로 대장장이 왕은 예전에도 많이 다치

셨어요. 어째서 그 주문이 발동하지 않은 거죠?

– 데스커드 님, 그건 생명이 위험할 만큼 강한 충격에만 반응하니까요.

대장장이 왕이 탄 마차가 폭발하는 순간에도 주문은 발동되지 않았다. 에이어리는 그로 인해 몇 가지 부상을 입었지만 목숨이 달아날 정도는 아니었다. 그리고 까마귀 발톱이 그의 목에 화살을 쏘았다. 그때 주문의 보호가 시작되면서 이어지는 화살까지 막았다.

아리셀리스가 보았을 때 에이어리의 목에는 두 개의 화살이 꽂혀 있었다. 피는 강줄기처럼 창백한 목을 타고 흘러내렸다. 아리셀리스는 처음에 대장장이 왕이 죽었다고 생각해 절망했다. 그러나 다친 것은 살갗이었고 깊은 곳은 하나도 상처를 입지 않았다.

– 그럼 이제 보호 주문은 완전히 사라진 건가요?

이야기를 나누던 세 사람은 어색하게 들리는 목소리의 주인공을 보았다. 그의 목에는 붕대가 감겨 있어서 고개를 자유롭게 움직일 수 없었다. 목소리가 다르게 느껴지는 것도 그 때문인 것 같았다.

– 누가 다시 걸어 주지 않는 한은 그렇습니다, 대장장이 왕.

아리셀리스는 진심으로 반가워했지만 말투는 평온하게 유

지했다. 에이어리는 눈짓으로라도 인사하고 싶었으나 당장은 여의치 못했다.

　―그리고 어차피 형의 힘을 빼내려면 그 보호막을 다시 제거해야 합니다. 굉장히 번거롭고 힘이 드는 과정이에요. 원하신다면 형의 힘을 되찾은 후에 다시 걸어 드리겠습니다.

　아리셀리스는 그렇게 말한 후 품속을 뒤져서 물건 하나를 꺼냈다.

　―이야기하다 보니 생각났는데 오카브 님이 이걸 전해 주라고 하셨습니다.

　―그건.

　에이어리가 자신의 눈앞을 아른거리는 물건에 초점을 맞추느라 눈살을 찌푸렸다.

　―화살 대신 총알이 나가게 만드셨다고 합니다. 이름은 오카브의 마지막 유산이라고 하시던데요?

　―어째서 그렇게 끔찍한 이름을 짓는 거죠?

　위대한 조언자가 믿지 못하겠다는 듯이 물었다.

　―왜냐하면 원래 팔찌의 이름이 오카브의 유산이거든요.

　데스커드가 대답하는 사이 에이어리는 누운 채로 손가락을 분주하게 움직였다. 팔찌는 옛날 것이나 새것이나 특별한 방식을 통해서만 열리게 되어 있었다. 다른 방식으로는 절대로 열리지 않았고 부수기 힘들 정도로 단단했다. 잔인하면서 극단적인 방식이 아니면 억지로 뺄 수 없었다.

에이어리는 무거운 팔찌를 소리가 나게 바닥에 내려놓았다. 그런 다음 새 팔찌를 제대로 볼 수 없는 상황에서도 어렵지 않게 팔목에 찼다. 손가락의 움직임이 경쾌했다.

－너무 가벼워. 가만히 있으면 팔이 떠올라서 하늘로 날아갈 것 같아. 대장장이 왕보다 쉽게 이런 물건을 만드시다니. 마치 신에게 받은 능력이 아직 남은 것처럼.

에이어리의 팔은 정말로 저절로 올라가는 것처럼 서서히 들렸다. 그러나 목은 단단하게 고정된 상태라서 그 모습이 우스꽝스러웠다. 에이어리를 제외한 사람들은 웃음을 참지 못했다.

에이어리는 만족한 사람처럼 팔찌를 쓰다듬다가 갑자기 놀란 사람처럼 물었다.

－그러고 보니 거기 위대한 조언자님이 계시죠? 위대한 조언자님은 왜 우리와 함께 가시는 거죠?

아녜시는 어떻게 대답할지 잠시 고민하는 것처럼 보였다. 그녀는 생각 끝에 평소답지 않은 수줍은 목소리로 대답했다.

－대장장이 신이 그렇게 말씀하셨어요. 대장장이 왕을 데리고 함께 마법사 왕국으로 가라고요.

- 이유는 역시.

- 그래요, 몰라요. 저는 항상 명령을 들을 뿐 설명은 듣지 못하죠. 그래도 언제나 따르는 게 옳은 선택이에요. 아마 지금쯤 제 작은 안식처는 까마귀들의 둥지가 되어 있겠죠.

남은 여행이 이어지는 동안에도 그들은 서로의 정보를 나누느라 바빴다. 때로는 황제의 길을 선택했고 눈에 띌 위험이 있으면 작은 길도 마다하지 않았다. 사람을 많이 태운 마차가 하루에 이동할 수 있는 거리는 생각보다 짧았다. 그러나 더 빨리 갈 방법이 있는 아리셀리스도 끝까지 동행하는 쪽을 선택했다.

그들은 제국 땅을 좌우로 잘랐을 때 우측으로 한참 치우쳐 있었다. 대장장이 신의 신전에서도 제국의 수도에서도 점점 더 멀어졌다. 큰 도시를 일부러 피해서 다녔기에 제국은 그저 거대한 땅으로만 보였다. 어쩌다 만나는 사람들은 그 커다란 짐승의 가죽에 기생하는 벌레처럼 작게 느껴졌다.

모두 땅의 거죽에서 겨우 생을 이어나가고 있었다. 아무리 노력하고 애써도 늙고 쇠약해지는 것을 막을 수 없었다. 그러다가 쓰러져 땅에 묻히면 존재는 영원히 사라졌다.

아리셀리스는 그들을 보고 형의 모습을 떠올렸다. 형의 고단한 삶도 겉으로만 그럴듯할 뿐 본질적으로는 다를 바가 없었다.

－이상하게도 추격자가 오지 않는군요.

여행이 막바지에 이르렀을 때 아리셀리스가 모두에게 말했다. 그때쯤에는 에이어리도 목의 붕대만 풀지 않았지 일어날 수도 있었고 거동이 자유로웠다.

－그런데 저는 전부터 이해가 안 가는데요. 까마귀들을 다스리는 작이 루 도인이라는 사실이 왜 그렇게 중요한 거죠?

데스커드가 물었다.

－제국 사람들은 루 도인을 가축하고 비슷하게 취급하니까요. 만지거나 같은 공간에 있는 것조차 불결하게 여기죠. 그 사실이 밝혀지면 작은 쫓겨나고 황제의 까마귀들의 권위가 실추될 거예요.

아녜시는 제국에서 태어나 자란 사람답게 그들의 문화에 익숙했다.

－그러면 작은 제국 밖으로 쫓겨나겠네요?

데스커드의 말에 아녜시는 가볍게 고개를 끄덕였다. 마음이 편하지 않았던 것은 자신 역시 제국에서 쫓겨나는 중이라는 생각이 들어서였다.

마법사 왕국으로 가는 길은 굳이 선택하자면 여러 갈래지만 모두 쿠오피오로 이어졌다. 그들은 주변의 공기가 진하다

못해 탁하게 변하는 것을 느꼈다. 쿠오피오는 마법사들의 나라로 가는 관문으로 사방이 아고나스밭이었고 일 년 내내 안개가 끼어 있었다. 누구는 지형을 들먹였고, 누구는 마법사들에게 책임을 돌렸다.

그리고 아리셀리스가 어렸을 적 들은 허무맹랑한 말에 따르면 누구는 용의 숨결이 머무는 탓이라고 했다.

마차는 사람 키보다 높게 자란 아고나스에 둘러싸여 나아갔다. 이제 길은 한 줄기였고 아고나스들은 안개에 휩싸여 환상처럼 흔들렸다.

에이어리는 무심코 마차 바닥에 문자를 그렸다. 이중으로 만들어진 그 문자는 완성되자마자 노랗고 희미한 빛을 냈다. 덕분에 그들은 안개 속에서 서로의 얼굴 정도는 확인할 수 있었다.

– 말을 몰지 말고 가만히 두시오. 말들은 본능적으로 갈 길을 알고 있소.

아리셀리스가 고개를 내밀고 마부에게 소리쳤다. 위대한 조언자의 하인은 알았다는 듯이 몸을 뒤로 기대고 팔짱을 끼었다.

안개는 마치 살아 있는 것처럼 그들의 몸을 감싸거나 눈앞을 가로질렀다. 아리셀리스는 귀찮다는 듯이 눈을 감고 있었다. 다른 사람들은 그들 앞에 펼쳐지는 환영을 보느라 정신이 없었다. 안개는 보는 사람에 따라 구름처럼 여러 가지 형상을 띠고 있었다.

아녜시.

아녜시는 자기를 부르는 소리를 듣고 주위를 둘러보았다. 낯설지 않고 친숙한 목소리는 그녀가 제국에 있을 때 매일 듣던 것이기도 했다.

너는 이 안개를 다시 통과하지 못할 것이다.

아녜시는 그 의미를 쉽게 알아차렸다. 그러면 저는 평생 마법사 왕국에 갇혀 있어야 한다는 말인가요?

위대한 조언자는 알고 있었다. 설명은 그녀에게 주어진 것이 아니었다. 그녀는 다른 사람들에게 이유를 묻지 말고 받아들이라고 강요했다. 그녀에게도 같은 선택만 남아 있었다.

평생을 섬긴 종에게도 설명해 주지 않으시나요? 아녜시의 울음이 섞인 질문은 입 밖으로 나오지 않았다. 다른 사람들은 여전히 안개에 취해 있었다. 그 바람에 안개 속에서 생겨나는 그림자가 선명해질 때까지 눈치채지 못했다.

그림자는 소용돌이치며 점점 사람의 형체를 띠어 갔다. 말들이 그 낌새를 가장 먼저 발견하고 신기하게도 아무 동요 없이 멈추어 섰다.

한가운데 선 그림자는 반쯤 투명하고 하늘거리는 옷을 입고 있었는데 홀로 에이어리 일행과 점점 거리를 좁혔다. 마침내 안개가 걷히자 강인한 턱을 가진 젊은이가 공식적인 미소를 지으며 서 있었다.

－마법사 왕국의 입구, 쿠오피오에 잘 오셨습니다.

그는 일행을 한눈에 확인한 다음 아리셀리스에게 고개를 숙였다.

－특히 잘 오셨습니다, 아리셀리스 님. 왕께서 기다리고 계십니다.

－양배추밭 이후로 금방 또 만났군요, 다이아몬드 울릭.

울릭은 씁쓸하게 웃을 뿐 대답하지 않았다.

그사이 아녜시의 한쪽 뺨을 타고 흐르던 눈물을 안개가 말끔히 빨아들이는 바람에 그녀는 쓰라린 피부를 손가락으로 더듬었다.

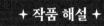
✦ 작품 해설 ✦

판타지, 닫힌 세계를 열고 나갈 새로운 상상력

오세란 문학평론가

　많은 사람들이 판타지 장르에서 '상상'이라는 단어를 떠올린다. 하지만 요즘 같은 이미지, 이야기, 판타지 과잉의 시대에 판타지가 여전히 '상상'의 힘을 발휘하려면 이전과는 차별화된 고민이 필요하다. 인간은 평소 자신에게 익숙한 시선으로 세상을 보고 새로운 상황과 마주하면 자신이 가진 패러다임에 의지해 새 정보를 해석하고 수용한다. 이야기를 받아들이는 과정 역시 마찬가지다. 익숙한 서사에서 벗어나 새로운 세상을 꿈꾸기는 쉽지 않다. 닫힌 이야기의 문을 열고 나가기 위해서는 상상력, 그것도 특별한 상상의 열쇠가 필요하다. 이제 본격적인 궤도에 오른『대장장이 왕』3편은 익숙한 이야기를 넘어 새로운 세계로 독자를 이끈다.『대장장이 왕』세 번째 이야기를 읽으며 닫힌 문을 열 수 있도록 돕는 상상의 비밀과 그 힘으로 한 걸음 나아간 땅을 밟아 보기로 한다.

이미지에서 벗어나기

현대는 이미지와 영상의 시대다. 문자 텍스트와 비교할 때 이미지나 영상은 친절한 매체다. 길고 정교하게 묘사해야 겨우 전달되는 문장에 견주어 인물의 표정 하나로 모든 것을 설명하는 그림이나 사진은 얼마나 명쾌한가? 이미지를 보는 것은 문장을 읽는 것에 비하여 참으로 편리하다.

『대장장이 왕』은 적지 않은 분량의 판타지지만 최근 트렌드처럼 책 서두에 주요 인물 캐릭터를 일러스트로 소개하지 않는다. 인물 소개도, 제국을 둘러싼 각 나라들의 지도도 찾을 수 없다. 독자들은 인물과 공간적 배경을 오로지 자신의 상상으로 그려 내야 한다. 이는 독자에게 상상을 전폭적으로 맡기려는 신뢰지만 이미지에 익숙한 독자 입장에서는 다소 쉽지 않은 상황이기도 하다.

그런데 이미 제공된 이미지에 의지하여 텍스트를 읽는 것은 편리하지만 대신 자신에게 내재한 상상력의 힘을 반납해야 한다. 『대장장이 왕』은 다양한 인물들의 외모와 말투, 행동을 문장으로 세밀하게 묘사하여 독자들이 그 모습을 직접 상상하도록 돕는다. 이것이 『대장장이 왕』이 선사하는 첫 번째 상상의 열쇠다. 에이어리, 오카브, 가르젠, 아리셀리스, 루비 같은 주요 인물뿐 아니라 투란, 모제스, 아녜시 등의 인물을 스스로 그려 내야 한다,

특히 이번 편에 집중적으로 등장하는 루 도인 출신 인물들, '수', '무', '작'과 같은 인물은 어떤 모습일까? 작품에서 루 도인들은 본래 투명한 피부와 검은 피를 가졌고 양쪽 어깻죽지 아래에는 대각선으로 길게 그은 흔적이 남아 있으며 그 자국은 날개가 달렸던 흔적일 수도 있다고 말한다. 내 머릿속의 루 도인들은 북동아시아의 어느 민족, 판타지에서 본 듯한 조류 인간, 아프리카인의 이미지 등이 복합된 모습이다. 나와 다른 이들이 상상하는 루 도인의 이미지가 얼마나 닮았고 어떻게 다를지 몹시 궁금하다.

공간적 배경 역시 마찬가지다.

제국과 그 주변 땅의 겨울은 서쪽으로 갈수록 점점 혹독해
져 스타인 산악 지대에서 절정에 이른다. 동쪽은 상대적으로
따뜻한데 제국에서 가장 쓸모없는 땅이라고 말하는 에젠 지
방은 겨울에도 눈이 오지 않는 온난한 기후가 이어진다. 대장
장이 신의 신전은 제국 서쪽에 치우쳐 있어서 겨울만 되면 무
릎에서 허리까지 쌓이는 눈을 치워야 한다. (52쪽)

위의 묘사를 천천히 읽으며 제국과 스타인 그리고 에젠 지
방의 지리적 배치와 풍경을 그려 본다. 그리고 황량하고 척박
한 바람의 땅 스타인과 눈 덮인 대장장이 신의 하얀 신전, 그
곳에서 눈을 치우는 사제들의 모습을 떠올려 본다. 이미지가
적을수록 독자의 상상력은 커진다.

이야기를 넘어가기

독자는 기본 이미지가 제공되지 않을 때 인물과 배경을 자
신의 상상으로 만들 수 있다. 약간의 이미지가 있다 할지라도
아름답고 정교한 묘사를 읽으며 각각의 장면을 그려 자신만
의 상상을 확장하는 작업은 매우 중요하다. 하지만 아쉽게도
이미지가 범람하는 오늘날 우리가 상상하는 이미지는 기존에

저장된 이미지 정보를 합성한 것일 가능성이 높다. 가령 제국이나 황제가 등장하는 이야기라면 사람들은 쉽게 로마 제국이 등장하는 영화의 한 장면을 떠올릴 것이다. 따라서 판타지 문학의 상상의 핵심은 이미지를 그리는 것보다 텍스트를 읽으며 이야기의 바깥을 떠올리는 것이라 하겠다.

흔히 리얼리즘 서사를 현실 재현이나 반영의 문학이라 말하고 판타지도 어느 정도는 이야기를 현실과 연관시킨다. 그런데 문학을 현실에만 초점을 두고 해석할 때 우리는 새로운 세계로 나아가기 힘들다. 서두에 언급했듯이 우리는 매우 오래 축적된 이야기의 구조로 세상을 표상하기에 어떤 이야기든지 전개와 결말을 독자 스스로 어느 정도 예견한다. 따라서 판타지에서 익숙한 이야기의 바깥으로 나가기 위해서는 설득력 있는 마법적 요소가 필요하다. 멋진 판타지일수록 이야기를 확장하는 마법적 요소를 설득력 있게 활용하며 『대장장이 왕』 역시 다양한 마법의 은유가 등장한다.

가령 3편에서 독자를 생각의 바깥으로 나갈 수 있도록 돕는 수단은 놀랍게도 '목소리' 즉 '음성'이고 이것을 보여 주는 사람은 위대한 조언자 아네시와 마법사 나라의 왕 라토다. 아네시는 대장장이 신의 목소리를 듣는 예언자다. 예언이란 미래를 예지하는 능력이지만 그는 자신의 힘을 과시하는 예언이라는 표현 대신 조언이라는 겸손한 단어를 사용한다. 아녜시가 고향에서 들었던 잔잔한 바다에 폭풍이 불 것이라는 예언이나 지금의 삶을 즉시 정리하고 마차와 말을 준비하여 집을 떠나라는 예언은 자신의 삶이 분주할 때는 결코 들리지 않는다. 관습화된 현실을 걷어 낼 때 낯선 소리가 겨우 들리기 시작하며 완전히 귀 기울여야 비로소 삶의 본질을 일깨우는 투명한 목소리가 울린다. 새로운 곳으로 떠나기 위해서는 불확실한 하루하루를 참고 기다리며 낯선 목소리를 경청할 수 있어야 한다. 3편에서 아녜시는 명상 중에 말과 마차를 준비하라는 예언을 듣고 그것을 용기 있게 실천하여 에이어리를 구한다. 적에 의해 길 위에서 죽음을 맞을 뻔한 에이어리의 인생사는 신의 계시를 들을 수 있었던 아녜시 덕분에 종말이 아닌 전혀 새로운 이야기로 도약한다.

한편 마법사의 왕 라토가 새로운 세계를 연 방법은 '주문'이라는 목소리이다. 라토가 태어날 때 아리셀리스에게 주어져야 했던 '알', '툰', '세'라는 마법과 힘의 덩어리가 라토에게 들어갔음이 3편에서 밝혀진다. 라토는 다른 마법사와 달리

마법과 힘의 덩어리가 있기에 더욱 강한 마법사가 되었고 이 중 '알'이 에이어리에게 들어가며 라토는 힘의 균형을 잃고 에이어리는 죽음을 면하게 되었다. 주문은 마법에 능한 사람이 술법을 부릴 때 반복하여 외우는 말로 평범한 말과는 다른 힘을 가졌는데, 라토의 주문은 말과 더불어 마법과 힘의 덩어리까지 에이어리에게 전달되었으므로 한층 강한 보호 주문이 된다. 소리에 강한 힘이 동반된 주문은 가능성으로만 잠재하던 미래를 현실로 만든다. 위대한 조언자 아녜시가 세상 바깥의 음성을 들어 세상을 변화시켰다면 라토는 주문에 자신이 가졌던 힘을 실어 에이어리의 죽음을 막았다. 합리적이고 이성적인 그러나 평범하기 짝이 없던 이야기들이 사라지고 '목소리'와 '말'을 통해 도래하지 않던 미래가 현실로 다가오는 세계가 바로 판타지다. 이것이 『대장장이 왕』 3편이 주는 두 번째 상상의 열쇠다.

판타지를 전복하기

『대장장이 왕』은 대장장이 신이 개입하는 일종의 신화를 표방한 판타지지만 기존 신화나 영웅 이야기와 분명한 차이가 있다. 판타지에는 언제나 제국과 제국의 전쟁이라는 중요한 사건이 등장한다. 신과 영웅의 힘을 증명하는 방법으로 전쟁 서사를 활용하기 때문이다. 『대장장이 왕』도 제국과 주변국 간의 갈등, 스타인 공국의 분열 등 전쟁 서사가 등장한다. 그러나 이 작품은 기존 판타지의 단순한 반복이 아니며 전쟁은 표면 서사를 이끌어 가는 역할을 담당할 뿐이었음이 3편에서 밝혀진다. 어쩌면 『대장장이 왕』에서 전쟁은 기존 판타지에 등장했던 전쟁 서사를 패러디하고 전복하는 소재가 아닐까. 이 작품은 이전 판타지와 유사한 이야기를 반복하며 머물지 않고 새로운 판타지를 개척한다. 이것이 『대장장이 왕』 3편이 새로운 세계의 문을 여는 세 번째 열쇠다.

이는 스타인 공국과 오레스테스 공국이 벌이는 전쟁에 잘 나타나 있다. 스타인과 오레스테스 공국 간의 전쟁 이야기가 레푸스 왕이나 슈타이어의 세 용사의 시점이 아닌, 영문도 모르고 전쟁에 끌려 온 어린 병사 제이를 화자로 시작하는 것에서, 이야기의 목적이 영웅 만들기가 아님을 알 수 있다. 제이의 아버지는 제이에게 "열심히 싸울 필요 없다. 살아남으려고 노력해."(180쪽)라는 진실을 말하고, 제이가 지급받은 냄새나는 얇은 가죽 갑옷, 끝에 쇠붙이 비슷한 것이 달렸을 뿐 사람을 찌른다고 피가 나오기도 어려운 쓸모없는 무기 역시 전쟁의 실상을 보여 준다. 군인인지 거지인지 분간이 어려운 모습으로 마치 양치기가 모는 양 같은 오합지졸의 처지가 되어 제이는 슈타이어의 세 용사의 전쟁에 참여한다.

이 전쟁을 지켜보는 관찰자의 시선을 빌려 작가는 전쟁에 대해 정말 승부를 가리는 것이 중요하다면 백성을 희생시키는 방법이 아니라 카드나 주사위로도 충분하다고 냉소적으로 말한다. 전쟁 한 장면만 예로 들더라도 이 작품은 판타지 형식을 가져왔지만 말하고자 하는 내용이 기존 판타지가 강조하던 방향과 전혀 다름을 알 수 있다. 기존 판타지를 빌려 새로운 방향으로 전개되는 이야기가 계속 이어지기를 기대한다.

끊임없이 다양한 이미지, 이야기 그리고 판타지가 생산되는 오늘날, 독자는 자신의 패러다임 내에 수용 가능한 익숙한 이야기를 만날 때 안심하고 편안함을 느낀다. 그것도 문학의 중요한 역할일 수 있다. 그러나 과연 그런가? 문학을 읽는 이유는 익숙함과의 결별을 통해 우리가 한 걸음 전진할 수 있기 때문이다. 이 작품은 편안하고 익숙한 독서가 아니라 독자에게 인내와 적극적인 참여를 요구한다. 그 대가로 독자는 작가에게 상상의 열쇠를 받아 새로운 삶으로 탈주하는 세계의 문

을 연다. 이것이 판타지를 상상의 장르라고 정의할 수 있는 본

질적 이유가 아닐까?

대장장이 왕 3

아리셀리스를 찾는 에이어리가 위대한 조언자의 집을 찾아간다

초판 1쇄 인쇄 2023년 4월 20일
초판 1쇄 발행 2023년 4월 28일

지은이 허교범
펴낸이 이승현

출판3 본부장 최순영
어린이 문학 팀장 박현숙
편집 김민정
키즈 디자인 팀장 이수현
디자인 진예리

펴낸곳 (주)위즈덤하우스
출판등록 2000년 5월 23일 제13-1071호
주소 서울특별시 마포구 양화로 19 합정오피스빌딩 17층
전화 02) 2179-5600 **내용문의** 02) 2179-5707
홈페이지 www.wisdomhouse.co.kr

ISBN 979-11-6812-624-4 44810
      979-11-6812-417-2 (세트)